RÉCITS D'UN PÈLERIN RUSSE

RÉCITS D'UN PÈLERIN RUSSE

Traduits et présentés
par Jean Laloy

NOUVELLE ÉDITION
REVUE ET MISE À JOUR

Éditions de la Baconnière
Éditions du Seuil

La première édition
de ces *Récits d'un pèlerin à son père spirituel*,
publiée en 1947 dans les « Cahiers du Rhône »
par les éditions de la Baconnière, est due au même traducteur
sous le pseudonyme de Jean Gauvain.
Cette édition-ci a aussi paru, en 1978,
dans la collection « Points Sagesses », sous le n° 14.

ISBN 978-2-02-036214-6
(ISBN 2-02-000527-1, 1re publication
collection « Livre de vie »
ISBN 2-02-004775-6, collection « Points Sagesses »)

Or je vois la quatrième flotte. Je vois la flotte invisible. Et ce sont toutes les prières qui ne sont pas même dites, les paroles qui ne sont pas prononcées.

Mais moi je les entends. Ces obscurs mouvements du coeur, les obscurs bons mouvements, les secrets bons mouvements.

Qui jaillissent inconsciemment et qui naissent et inconsciemment montent vers moi.

Celui qui en est le siège ne les aperçoit même pas. Il n'en sait rien et il n'en est vraiment que le siège.

Mais moi je les recueille, dit Dieu, et je les compte et je les pèse.

Parce que je suis le juge secret.

Charles PÉGUY.

Introduction

Les *Récits d'un pèlerin* ont paru pour la première fois à Kazan vers 1870. Cette première édition était, semble-t-il, fautive et peu sûre. Une version correcte des *Récits* a été publiée en 1881 à Kazan et rééditée en 1884. Il n'y eut pas en Russie d'autre tirage avant les événements de 1917. Après la révolution, les *Récits* ont été réimprimés à Paris en 1930 par les soins du professeur Vycheslavtsev [1].

L'auteur des *Récits* est inconnu. D'après la préface de l'édition de 1881, le père Païsius, abbé du monastère de Saint Michel Archange des Tchérémisses près de Kazan, en aurait copié le texte chez un moine russe de l'Athos, dont le nom est lui aussi inconnu. Selon d'autres indications [2], le manuscrit des *Récits* aurait été vers 1860 entre les mains d'une religieuse dirigée par le starets Ambroise, de l'ermitage d'Optino, dans les papiers duquel trois autres récits [3], de

1. *Otkrovennye razskazy strannika dukhovnomu svoemu otcu*, Paris, YMCA Press, 1930. Une première traduction française a été publiée dans la revue *Irénikon*, éditée par l'abbaye bénédictine de Chèvetogne (Belgique).
2. Elles sont données par Pierre Pascal dans l'article qu'il a consacré aux *Récits d'un pèlerin russe* en 1946 (*Dieu vivant*, 1946, nº 6, p. 144-149).
3. *Sur les effets bienfaisants de la prière de Jésus*, Vladimirova na Slovenska, Tchécoslovaquie, 1933 (en russe).

style moins pur, ont été retrouvés et publiés en 1911. L'auteur serait un " paysan de la province d'Orel " et l'on pense à un certain Nemytov qui venait parfois à Optino s'entretenir avec le père Macaire, le prédécesseur d'Ambroise. Selon les mêmes indications, l'évêque Théophane le Reclus* écrit dans une de ses lettres qu'il a " corrigé et complété " la première édition des *Récits*. De fait, l'édition de 1881 s'intitule " édition révisée et complétée ".

Si l'on examine le texte lui-même, on s'aperçoit qu'il est organisé selon un plan didactique et donc qu'il révèle l'intervention d'une main experte [4]. On peut conclure que les *Récits* ont une double origine. Des souvenirs, dont l'authenticité paraît certaine, ont été racontés ou rédigés par un ou plusieurs pèlerins. Un religieux a mis en forme ces récits pour qu'ils servent à un enseignement spirituel. Ce religieux appartient au milieu d'Optino, la solitude qu'ont fréquentée tour à tour Gogol, Ivan Kirêevski, Dostoïevski, Vladimir Soloviev, Léon Tolstoï, et beaucoup d'autres.

Les *Récits d'un pèlerin* se rattachent ainsi au grand mouvement littéraire du XIXe siècle. Dans le tumulte des écrits de tout genre où se heurtent les tendances extrêmes du caractère russe, il manquait cette note cristalline qui en est sans doute la tonique secrète.

Ces trois récits, présentés comme la deuxième partie de l'histoire du pèlerin, ont été incorporés à la troisième édition des *Récits*, Paris, YMCA Press, 1948.

4. Cf. C. J. Dumont, o. p., *La prière perpétuelle chez les orthodoxes* (*La Vie spirituelle*, juin 1944).

* Ce signe renvoie à l'Index alphabétique à la fin du volume.

Le pèlerin fait pénétrer le lecteur au cœur de la vie russe, peu après la guerre de Crimée et avant l'abolition du servage, soit entre 1856 et 1861. On voit passer les personnages du roman russe, le prince anxieux d'expier sa vie dissipée, le maître de poste ivrogne et querelleur, le greffier incroyant et libéral. Les condamnés s'en vont par étapes vers la Sibérie, les courriers impériaux épuisent leurs chevaux sur le trakt infini, les déserteurs rôdent dans les forêts. Nobles, paysans, fonctionnaires, membres des sectes, instituteurs et prêtres de campagne, toute cette ancienne Russie terrienne ressuscite avec ses défauts dont le moindre n'est pas l'ivrognerie, et ses qualités, dont la plus belle est la charité, l'amour du prochain pour l'amour de Dieu. Alentour, c'est la terre russe, plaine immense où le regard se perd, forêts désertes, auberges au bord des routes, églises aux couleurs fraîches, aux cloches scintillantes. Jamais pourtant le pèlerin ne s'attarde à dépeindre le monde des apparences. Chrétien orthodoxe, il est à la recherche de la perfection.

Pour se guider, le pèlerin n'a que deux livres, la Bible et un recueil de textes patristiques, la *Philocalie*. Ce nom seul permet de définir l'école à laquelle il se rattache. Russe du XIXe siècle, le pèlerin s'inspire d'une des plus vénérables traditions de l'Orient chrétien, la tradition hésychaste (de ἡσυχια calme --> silence → contemplation).

L'hésychasme * remonte aux premiers siècles chrétiens. Il prend son origine au mont Sinaï et au désert d'Égypte. Dans l'Église d'Orient, il apparaît comme le courant mystique par opposition à la tradition spécifiquement ascétique issue de saint Basile.

Inspirées d'Origène, d'Évagre et de Grégoire de Nysse, les écoles mystiques de l'Orient chrétien assignent pour fin à l'homme la déification. Celle-ci est souvent comprise comme la restauration en l'âme de la ressemblance divine. Dieu a créé l'homme à son image et à sa ressemblance (Gen. 1, 26). La nature intellectuelle et morale de l'homme est à l'image de Dieu. Elle lui devient ressemblante lorsque par la charité Dieu vient habiter dans l'âme humaine, l'élevant ainsi au-dessus de toute la création. Libéré des passions par la pratique de la vertu, l'esprit contemple les raisons des choses créées et dans l'amour reçoit l'union avec Dieu. Cette union peut s'accomplir dans la lumière ou au contraire dans la ténèbre. Elle peut prendre une forme plus intellectuelle ou plus affective. Elle demeure toujours un mystère, puisqu'elle unit l'âme créée au Dieu incréé et transcendant. La théologie mystique de l'Orient chrétien, tout comme celle de l'Occident mais avec des accents différents, se situe hors de la gnose, du panthéisme ou du naturalisme.

La tradition spirituelle qui, sous l'influence de grands contemplatifs comme Diadoque de Photicé (ve siècle), se constitue peu à peu dans les monastères d'Orient, donne au cœur un rôle central dans la vie d'oraison. Considéré comme le siège de l'intelligence et de la sagesse, le cœur doit être tourné vers Dieu sans répit. On le nourrira à cette fin d'une prière constamment répétée : *Seigneur Jésus-Christ ayez pitié de moi*. C'est la *prière de Jésus*, mentionnée dès le VIe siècle par saint Jean Climaque. Cette méthode ne conduit pas par elle-même au recueillement. Conjuguée avec la pratique des vertus, éclairée par l'amour de Dieu, elle peut favoriser l'oraison. *Mutatis mutandis*, elle fait penser à la pratique du rosaire en Occident.

A partir du XIe siècle, une évolution se dessine. Sous l'influence indirecte d'un profond mystique, saint Syméon le Nouveau Théologien, on tend à donner à la conscience psychologique du surnaturel une valeur exagérée. Nul ne sera vraiment chrétien s'il n'a expérimenté concrètement la grâce. Les hésychastes repoussent les visions imaginaires mais, cherchant l'illumination consciente, ils sont exposés à certains dangers. Les uns, prenant le mot cœur dans son sens physiologique, attribuent trop d'importance aux moyens " scientifiques " de parvenir à l'oraison: position du corps, rôle du cœur, contrôle du souffle, etc. D'autres font de la vision expérimentale de la lumière le but de l'oraison. Cet aspect extrême de l'hésychasme suscite au XIVe siècle de vives controverses où s'illustre Grégoire Palamas. Cependant la tradition authentique continue à inspirer de nombreux contemplatifs.

L'hésychasme est transmis à la Russie par Nil de la Sora (1435-1508), l'une des plus hautes figures du monachisme russe. Tombée plus tard dans l'oubli, cette tradition est restaurée à la fin du XVIIIe siècle par un autre starets, Païsius Velitchkovski, installé en Moldavie. Les textes hésychastes qu'il rassemble et publie en 1794 dans la *Philocalie* slavonne, le *Dobrotolioubie*, guideront les solitaires et les spirituels russes du XIXe siècle. Ceux-ci renouent ainsi avec une tradition bien antérieure à la rupture de l'unité et dont certains aspects n'ont pas été ignorés du moyen âge latin [5].

Quelque idée qu'on se fasse de l'hésychasme en tant que tel, l'expérience spirituelle que transmettent les *Récits* est celle du pèlerin russe. Cette expérience est pure. Si par instant le pèlerin semble croire que la seule pratique de la prière de Jésus peut l'amener à connaître " combien bon est le Seigneur ", son amour de Dieu est trop grand pour ne pas être d'origine surnaturelle. L'ascétisme de sa vie est aussi pour lui un gardien. Errant de lieu en lieu, ne possédant rien, la prière perpétuelle est pour lui le moyen de fixer l'attention sur le mystère de Dieu.

La foi du pèlerin est nourrie de l'Écriture et de la Tradition. A ceux qui s'adressent à lui, il offre des conseils pratiques et des explications doctrinales, non des exhortations rhétoriques. Connaissant l'homme à la lumière de Dieu, il sait sa place et son rôle dans l'univers.

La morale du pèlerin n'est ni un code ni une hygiène. Ses actions sont guidées par le désir de la perfection spirituelle. L'ascétisme est la condition de la contemplation. Il n'a pas de sens par lui-même.

5. Cf. *L'Évangile au désert, Des premiers moines à saint Bernard*, Présentation et choix de textes par Placide Deseille o. c. s. o., Paris, 1964, p. 276, 291 et 313, ainsi que Dom J. Leclercq, *Les relations entre le monachisme oriental et le monachisme occidental dans le Haut moyen âge*, dans *Le millénaire du Mont Athos*, Études et mélanges. t. II. p. 49-80 (Ed. de Chèvetogne).

La vie spirituelle est une. De la foi viennent les œuvres. Sans œuvres il n'y a pas de foi. Cheminant dans le monde de la chute et du péché, le pèlerin fait route vers la Jérusalem d'en haut, dans laquelle il entrera, à la fin, tout entier, corps et âme. Il reçoit parfois des grâces qui font penser, en plein XIXe siècle, à l'expérience franciscaine.

« *Arbres, herbes, oiseaux, terre, air, lumière, tous me disaient qu'ils existent pour l'homme, qu'ils témoignent de l'amour de Dieu pour l'homme, tout priait, tout chantait gloire à Dieu.* »

Cette lumière n'est pas le privilège de l'Orient. C'est la lumière de l'Évangile. « Qui cherche la joie, disait récemment un religieux contemplatif d'Occident, trouve la croix. Qui cherche la croix, trouve la joie. » Que la création soit bonne et qu'après la chute elle soit tout entière touchée par la rédemption, les grands docteurs médiévaux n'en doutent pas plus que saint Grégoire de Nysse. Si le moyen âge occidental s'attache au mystère de la croix c'est que les implications merveilleuses de l'Incarnation ont déjà été révélées par les Pères. L'Orient et l'Occident chrétiens ne s'opposent pas. Ils se complètent et s'approfondissent mutuellement.

Les *Récits d'un pèlerin* ouvrent ainsi de grandes perspectives. Cela ne leur enlève rien de leur caractère propre. Le pèlerin est un type accompli de la piété russe [6]. Celle-ci n'a pas formé une école de pensée,

6. Cf. Pierre Pacal, *La religion du peuple russe*, dans *Revue de Psychologie des peuples*, 2e année, n°2 et 3.

une doctrine spécifique. Telle une icône de Novgorod aux couleurs intenses et fraîches, elle a renouvelé les modèles reçus de Byzance et donné aux traditions de l'Orient chrétien un ton original et nouveau.

Le sens du mystère de l'homme, la compassion devant la douleur et le péché, la simplicité de cœur, l'imitation et presque la mimique de la vie du Christ et des vérités évangéliques, sont des traits constants de la piété russe. Il existe ainsi en Russie un immense potentiel religieux qui ne s'exprime que rarement. Jusqu'au XIXe siècle, il n'y a pas de théologie russe. Tout est traduit du grec, ou accessoirement du latin. La synthèse entre le courant de la piété populaire et la pensée religieuse ne s'est produite que dans des cas individuels dont le pèlerin est un exemple. Cette absence d'unité donne à l'idée religieuse russe son caractère tragique. L'Église a connu l'ingérence de l'État. Le schisme est venu l'affaiblir. Dans les forêts où Nil de la Sora avait fixé son ermitage, s'allument au XVIIe siècle les bûchers des Vieux-Croyants. La lumière spirituelle se réfugie chez les starets. Elle illumine parfois les fidèles mais son rayonnement ne s'étend pas assez loin. Les efforts des intellectuels pour créer au XIXe siècle une doctrine religieuse russe restent isolés. Le plus profond d'entre eux, Vladimir Soloviev, a conçu l'idée d'une Russie nouvelle réconciliant en elle l'Orient et l'Occident, utilisant « l'activité de la raison pour développer et réaliser pleinement les principes de la foi[7] ». Mais cette vision n'a pas pris corps.

7. Cf. V. Soloviev, *Conscience de la Russie* (*La vocation de la Russie. La Chine et l'Europe. Récit sur l'Antéchrist*). Paris, 1950.

Loin que la raison aide à développer les principes de la foi, l'Église, la foi et les croyants sont persécutés au nom d'une certaine idée de la raison. L'épreuve se prolonge. Sa durée même montre que l'Église a survécu. La source de la grâce et des sacrements n'a pas disparu. L'esprit de prière subsiste. La rencontre entre la raison éclairée et la foi épurée se prépare peut-être dans l'obscurité.

Paris, octobre 1965

Premier récit

Par la grâce de Dieu je suis homme et chrétien, par actions grand pécheur, par état pèlerin sans abri, de la plus basse condition, toujours errant de lieu en lieu. Pour avoir, j'ai sur le dos un sac avec du pain sec, dans ma blouse la sainte Bible et c'est tout. Le vingt-quatrième dimanche après la Trinité[1], j'entrai à l'église pour y prier pendant l'office; on lisait l'Épître de l'Apôtre aux Thessaloniciens, au passage[2] dans lequel il est dit : *Priez sans cesse.* Cette parole pénétra profondément dans mon esprit et je me demandai comment il est possible de prier sans cesse alors que chacun doit s'occuper à de nombreux travaux pour subvenir à sa propre vie. Je cherchai dans la Bible et j'y lus de mes yeux exactement ce que j'avais

1. C'est-à-dire après la Pentecôte. Le dimanche qui correspond à notre dimanche de Pentecôte est consacré en Orient à la Trinité et le lundi au Saint-Esprit.

2. Littéralement : péricope 273. Ce terme désigne les textes de la Bible, tels qu'ils sont lus au cours des offices ou de la messe.

entendu — *il faut prier sans cesse*[3], *prier par l'esprit en toute occasion*[4], *élever en tout lieu des mains suppliantes*[5]. J'avais beau réfléchir, je ne savais que décider.

Que faire — pensai-je — où trouver quelqu'un qui puisse m'expliquer ces paroles ? J'irai par les églises où prêchent des hommes en renom, et, là peut-être, je trouverai ce que je cherche. Et je me mis en route. J'ai entendu beaucoup d'excellents sermons sur la prière. Mais ils étaient tous des instructions sur la prière en général : ce qu'est la prière, pourquoi il est nécessaire de prier, quels sont les fruits de la prière. Mais comment arriver à prier véritablement — là-dessus on ne disait rien. J'entendis un sermon sur la prière en esprit et sur la prière perpétuelle; mais on n'indiquait pas comment parvenir à cette prière. Ainsi la fréquentation des sermons ne m'avait pas donné ce que je désirais. Je cessai donc d'aller aux prêches et je décidai de chercher avec l'aide de Dieu un homme savant et expérimenté qui m'expliquerait ce mystère puisque c'était là que mon esprit était invinciblement attiré.

Longtemps je cheminai; je lisais la Bible

3. I Thess. 5, 17.
4. Eph. 6, 18.
5. I Tim. 2, 8.

et je demandais s'il ne se trouvait pas quelque part un maître spirituel ou un guide sage et plein d'expérience. Une fois l'on me dit que dans un village vivait depuis longtemps un monsieur [6] qui faisait son salut : il a chez lui une chapelle, il ne bouge jamais et sans cesse il prie Dieu ou lit des livres spirituels. A ces mots, je ne marchai plus, je me mis à courir vers ce village; j'y arrivai et me rendis chez ce monsieur.

— Que désires-tu de moi ? me demanda-t-il.

— J'ai appris que vous étiez un homme pieux et sage; c'est pourquoi je vous demande au nom de Dieu de m'expliquer ce que veut dire cette parole de l'Apôtre : *Priez sans cesse* et comment il est possible de prier ainsi. Voilà ce que je désire comprendre et je ne peux cependant y parvenir.

Le monsieur resta silencieux, me regarda attentivement et dit :

— La prière intérieure perpétuelle est l'effort incessant de l'esprit humain pour atteindre Dieu. Pour réussir en ce bienfaisant exercice, il convient de demander très souvent au Seigneur de nous enseigner à prier sans cesse. Prie plus et avec plus de zèle, la prière te fera comprendre d'elle-même comment elle peut

6. Autrement dit : un *pomièchtchik*, gentilhomme appartenant à la petite noblesse rurale.

devenir perpétuelle; pour cela il faut beaucoup de temps.

Sur ces paroles, il me fit servir à manger, me donna quelque chose pour la route et me laissa. Mais il n'avait rien expliqué.

Je repris ma route; je pensais, je lisais, je réfléchissais comme je pouvais à ce que m'avait dit le monsieur et pourtant il m'était impossible de comprendre; mais j'avais tant envie d'y parvenir que mes nuits étaient sans sommeil. Après avoir parcouru deux cents verstes [7], j'arrivai à un chef-lieu de gouvernement. J'y aperçus un monastère. A l'auberge, on me dit que dans ce monastère vivait un supérieur pieux, charitable et hospitalier. J'allai à lui. Il me reçut avec bonté, me fit asseoir et m'offrit à manger.

— Père très saint ! dis-je, je n'ai pas besoin d'un repas, mais je voudrais que vous me donniez un enseignement spirituel : comment faire son salut [8] ?

— Comment faire son salut ? Eh bien, vis selon les commandements, prie Dieu et tu seras sauvé !

7. Une verste = 1,067 km.

8. C'est la question traditionnelle adressée par le disciple à son maître dans les monastères et solitudes d'Orient. Elle fait écho à Mt 19, 16 : " Que dois-je faire de bon pour avoir la vie éternelle ? "

— J'ai appris qu'il faut prier sans cesse, mais je ne sais comment prier sans cesse et ne puis même comprendre ce que signifie la prière perpétuelle. Je vous prie, mon père, de m'expliquer cela.

— Je ne sais, mon frère, comment t'expliquer mieux. Mais attends ! J'ai un petit livre où cela est exposé; et il sortit l'*Instruction spirituelle de l'homme intérieur*[9] de saint Dimitri*. Tiens, lis à cette page.

Je commençai à lire ce qui suit :

" Ces paroles de l'Apôtre : *il faut prier sans cesse*, s'appliquent à la prière faite par l'intelligence; l'intelligence, en effet, peut être toujours plongée en Dieu et le prier sans cesse. "

— Expliquez-moi comment l'intelligence peut être toujours plongée en Dieu sans distraction et le prier sans cesse.

— C'est là chose fort difficile, si Dieu n'en fait pas don lui-même, dit le supérieur.

Mais il n'avait rien expliqué.

Je passai la nuit chez lui et, l'ayant remercié au matin pour son aimable accueil, je me remis en route sans trop savoir où aller. J'étais triste de mon incompréhension et pour conso-

9. Petit traité sur l'efficacité de la prière, écrit par saint Dimitri de Rostov (1651-1709).

*. Ce signe renvoie à l'Index alphabétique à la fin du volume.

lation, je lisais la sainte Bible. J'allai ainsi cinq jours par la grand-route; enfin, un soir, je rencontrai un petit vieillard qui avait quelque chose d'un religieux.

A ma question, il répondit qu'il était moine et que la solitude où il vivait avec quelques frères était à dix verstes de la route; il m'invita à m'arrêter chez eux.

— Chez nous, me dit-il, on reçoit les pèlerins, on les soigne et les nourrit à l'hôtellerie.

Je n'avais guère envie d'y aller et je lui dis :

— Mon repos ne dépend pas d'un logement, mais d'un enseignement spirituel; je ne cherche pas de nourriture, j'ai beaucoup de pain sec dans mon sac.

— Mais quel genre d'enseignement cherches-tu et que désires-tu mieux comprendre ? Viens, viens chez nous, mon cher frère; nous avons des starets [10] expérimentés qui peuvent te donner une direction spirituelle et te guider sur la voie véritable à la lumière de la parole de Dieu et des enseignements des Pères.

10. Le starets ou l'ancien est un moine ou un solitaire menant une vie d'ascèse et de prière, et qui, sans occuper une fonction particulière dans le monastère, est choisi par les jeunes moines ou par les laïcs comme maître spirituel. Outre la description du starets Zosime dans *les Frères Karamazov*, on trouvera les meilleurs détails à ce sujet dans le livre très complet d'Igor Smolitsch : *Leben und Lehre der Starzen*, Cologne-Olten, 1952 (2e éd.).

— Voyez-vous, mon père, il y a un an environ qu'étant à l'office, j'entendis ce commandement de l'Apôtre : *Priez sans cesse.* Ne sachant comment comprendre cette parole, je me suis mis à lire la Bible. Et là aussi, en beaucoup de passages, j'ai trouvé le commandement de Dieu : il faut prier sans cesse, toujours, en toute occasion, en tout lieu, non seulement pendant les travaux journaliers, non seulement en état de veille, mais aussi dans le sommeil : *Je dors, mais mon cœur veille* [11]. Cela m'étonna beaucoup et je ne pus comprendre comment on peut accomplir une telle chose et quels sont les moyens d'y parvenir; un violent désir et la curiosité s'éveillèrent en moi : ni jour ni nuit ces paroles ne sortirent plus de mon esprit. Aussi je me mis à fréquenter les églises — j'entendis des sermons sur la prière; mais j'ai eu beau en écouter, jamais je n'y ai appris comment prier sans cesse; on parlait toujours de la préparation à la prière ou de ses fruits, sans enseigner comment prier sans cesse et ce que signifie une telle prière. J'ai lu souvent la Bible et j'y ai retrouvé ce que j'avais entendu; mais cependant je n'ai pas atteint la compréhension que je désire. Et depuis ce temps, je demeure incertain et inquiet.

11. Cant. cant. 5, 2.

Le starets se signa et prit la parole :

— Remercie Dieu, frère bien-aimé, de ce qu'il t'a révélé une attirance invincible en toi vers la prière intérieure perpétuelle. Reconnais là l'appel de Dieu et calme-toi en pensant qu'ainsi l'accord de ta volonté avec la parole divine a été dûment éprouvé; il t'a été donné de comprendre que ce n'est pas la sagesse de ce monde ni un vain désir de connaissances qui conduisent à la lumière céleste — la prière intérieure perpétuelle — mais au contraire la pauvreté d'esprit et l'expérience active dans la simplicité du cœur.

C'est pourquoi il n'est pas étonnant que tu n'aies rien entendu de profond sur l'acte de prier et que tu n'aies pu apprendre comment parvenir à cette activité perpétuelle. En vérité, on prêche beaucoup sur la prière et il existe là-dessus de nombreux ouvrages récents, mais tous les jugements de leurs auteurs sont fondés sur la spéculation intellectuelle, sur les concepts de la raison naturelle et non sur l'expérience nourrie par l'action; ils parlent plus des attributs de la prière que de son essence même. L'un explique fort bien pourquoi il est nécessaire de prier; un autre parle de la puissance et des effets bienfaisants de la prière; un troisième, des conditions nécessaires pour bien prier, c'est-à-dire du zèle, de l'attention, de la chaleur de cœur, de la pureté d'esprit, de l'humilité, du repentir qu'il faut avoir pour se mettre à prier. Mais qu'est-ce que la prière et comment on apprend à prier — à ces questions pourtant essentielles et fondamentales, on trouve bien rarement réponse chez les prédicateurs de ce temps; car elles sont plus difficiles que toutes leurs explications et demandent non un savoir scolaire mais une connaissance mystique. Et, chose beaucoup plus triste, cette sagesse élémentaire et vaine conduit à mesurer Dieu avec une mesure humaine. Beaucoup commettent une grande erreur, lorsqu'ils pensent que les moyens préparatoires et les bonnes actions engendrent la prière, alors qu'en réalité c'est la prière qui est la source des œuvres et des vertus. Ils prennent à tort les fruits ou les conséquences de la prière pour les moyens d'y parvenir, et diminuent ainsi sa force. C'est un point de vue entièrement opposé à l'Écriture : car l'apôtre Paul parle ainsi de la prière : *Je vous conjure avant tout de prier* [12].

Ainsi l'Apôtre place la prière au-dessus de tout : *Je vous conjure avant tout de prier.* Beaucoup de bonnes œuvres sont demandées au chrétien, mais l'œuvre de prière est au-dessus de toutes les autres, car, sans elle, rien de bien ne

12. I Tim. 2, 1.

peut s'accomplir. Sans la prière fréquente, on ne peut trouver la voie qui conduit au Seigneur, connaître la Vérité, crucifier la chair avec ses passions et ses désirs, être illuminé dans le cœur par la lumière du Christ et s'unir à lui dans le salut. Je dis fréquente, car la perfection et la correction de notre prière ne dépendent pas de nous, comme le dit encore l'apôtre Paul : *Nous ne savons pas ce qu'il faut demander*[18]. Seule la fréquence a été laissée en notre pouvoir comme moyen pour atteindre la pureté de prière qui est la mère de tout bien spirituel. *Acquiers la mère et tu auras une descendance*, dit saint Isaac le Syrien*, enseignant qu'il faut acquérir d'abord la prière pour pouvoir mettre en pratique toutes les vertus. Mais ils connaissent mal ces questions et ils en parlent peu, ceux qui ne sont pas familiers avec la pratique et les enseignements mystérieux des Pères.

En conversant ainsi, nous étions insensiblement arrivés jusqu'à la solitude. Pour ne pas me séparer de ce sage vieillard et satisfaire plus tôt mon désir, je m'empressai de lui dire :

— Je vous en prie, père vénérable, expliquez-moi ce qu'est la prière intérieure perpétuelle et comment on peut l'apprendre : je

13. Rom. 8, 26.

vois que vous en avez une expérience profonde et sûre.

Le starets accueillit ma demande avec bonté et m'invita chez lui :

— Viens chez moi, je te donnerai un livre des Pères qui te permettra de comprendre clairement ce qu'est la prière et de l'apprendre avec l'aide de Dieu.

Nous entrâmes dans sa cellule et le starets m'adressa les paroles suivantes :

— La prière de Jésus * intérieure et constante est l'invocation continuelle et ininterrompue du nom de Jésus par les lèvres, le cœur et l'intelligence, dans le sentiment de sa présence, en tout lieu, en tout temps, même pendant le sommeil. Elle s'exprime par ces mots : *Seigneur Jésus-Christ, ayez pitié de moi !* Celui qui s'habitue à cette invocation ressent une grande consolation et le besoin de dire toujours cette prière; au bout de quelque temps, il ne peut plus demeurer sans elle et c'est d'elle-même qu'elle coule en lui. Comprends-tu maintenant ce qu'est la prière perpétuelle ?

— Je le comprends parfaitement, mon père ! Au nom de Dieu, enseignez-moi maintenant comment y parvenir, m'écriai-je plein de joie.

— Comment on apprend la prière, nous le verrons dans ce livre. Il s'appelle *Philocalie* *. Il contient la science complète et détaillée de la prière intérieure perpétuelle exposée par vingt-cinq Pères; il est si utile et si parfait qu'il est considéré comme le guide essentiel de la vie contemplative et, comme le dit le bienheureux Nicéphore*, " il conduit au salut sans peine et sans douleur ".

— Est-il donc plus haut que la sainte Bible ? demandai-je.

— Non, il n'est ni plus haut, ni plus saint que la Bible, mais il contient les explications lumineuses de tout ce qui reste mystérieux dans la Bible en raison de la faiblesse de notre esprit, dont la vue ne parvient pas jusqu'à ces hauteurs. Voici une image : le soleil est un astre majestueux, étincelant et superbe; mais on ne peut le regarder à l'œil nu. Pour contempler ce roi des astres et supporter ses rayons enflammés, il faut employer un verre artificiel, infiniment plus petit et plus terne que le soleil. Eh bien, l'Écriture est ce soleil resplendissant et la *Philocalie* ce morceau de verre. Écoute, maintenant, je vais te lire comment s'exercer à la prière intérieure perpétuelle.

Le starets ouvrit la *Philocalie*, choisit un passage de saint Syméon le Nouveau Théologien* et commença :

— " Demeure assis dans le silence et dans la solitude, incline la tête, ferme les yeux; respire plus doucement, regarde par l'imagination à l'intérieur de ton cœur, rassemble ton intelligence, c'est-à-dire ta pensée, de ta tête dans ton cœur. Dis sur la respiration : " Seigneur Jésus-Christ, ayez pitié de moi ", à voix basse, ou simplement en esprit. Efforce-toi de chasser toutes pensées, sois patient et répète souvent cet exercice. "

Puis le starets m'expliqua tout ceci avec des exemples et nous lûmes encore dans la *Philocalie* les paroles de saint Grégoire le Sinaïte* et des bienheureux Calliste et Ignace*. Tout ce que nous lisions, le starets me l'expliquait en des termes à lui. J'écoutais avec attention et ravissement et m'efforçais de fixer toutes ces paroles dans ma mémoire avec la plus grande exactitude Nous passâmes ainsi toute la nuit et allâmes aux matines sans avoir dormi.

Le starets, en me renvoyant, me bénit et me dit de venir chez lui, pendant mon étude de la prière, pour me confesser avec franchise et simplicité de cœur, car il est vain de s'attaquer sans guide à l'œuvre spirituelle.

A l'église, je sentis en moi un zèle ardent qui me poussait à étudier avec soin la prière intérieure perpétuelle, et je demandai à Dieu de vouloir bien m'aider. Puis je pensai qu'il me serait difficile d'aller voir le starets pour me confesser ou lui demander conseil. A l'hôtellerie, on ne me gardera pas plus de trois jours et près de la solitude, il n'y a pas de logis... Heureusement, j'appris qu'un village se trouvait à quatre verstes. J'y allai pour chercher une place et, pour mon bonheur, Dieu me favorisa. Je pus me louer comme gardien chez un paysan, à condition de passer l'été tout seul dans une hutte au fond du potager. Dieu merci, j'avais trouvé un endroit tranquille. C'est ainsi que je me mis à vivre et à étudier par les moyens indiqués la prière intérieure, en allant souvent voir le starets.

Pendant une semaine, je m'exerçai dans la solitude de mon jardin à l'étude de la prière intérieure, en suivant exactement les conseils du starets. Au début, tout semblait aller bien. Puis je ressentis une grande lourdeur, de la paresse, de l'ennui, un sommeil insurmontable et les pensées s'abattirent sur moi comme les nuages. J'allai chez le starets plein de chagrin et lui exposai mon état. Il me reçut avec bonté et me dit :

— Frère bien-aimé, c'est la lutte que mène contre toi le monde obscur, car il n'est rien qu'il redoute tant que la prière du cœur. Il essaye de te gêner et de te donner du dégoût pour la prière. Mais l'ennemi n'agit que selon la volonté et la permission de Dieu, dans la mesure où cela nous est nécessaire. Il faut sans doute que ton humilité soit encore mise à l'épreuve : il est trop tôt pour atteindre par un zèle excessif au seuil même du cœur, car tu risquerais de tomber dans l'avarice spirituelle. Je vais te lire ce que dit la *Philocalie* à ce sujet.

Le starets chercha dans les enseignements du moine Nicéphore et lut :

— " Si, malgré tes efforts, mon frère, tu ne peux entrer dans la région du cœur, comme je te l'ai recommandé, fais ce que je te dis et, Dieu aidant, tu trouveras ce que tu cherches.

" Tu sais que la raison de tout homme est dans sa poitrine... A cette raison enlève donc toute pensée (tu le peux si tu veux) et donne-lui le " Seigneur Jésus-Christ, ayez pitié de moi ". Efforce-toi de remplacer par cette invocation intérieure toute autre pensée et, à la longue, cela t'ouvrira sûrement le seuil du cœur, c'est là un fait prouvé par l'expérience [14]. "

— Tu vois ce qu'enseignent les Pères dans ce cas, me dit le starets. C'est pourquoi tu dois accepter ce commandement avec confiance et réciter autant que tu le peux la prière de Jésus. Voici un rosaire avec lequel tu pourras faire au

14. Extrait du traité *de la Garde du Cœur* (*De Cordis Custodia*. Migne, P. G., t. 147, col. 963-966). La traduction russe commet ici un contresens. Elle donne à τὸ λογιστικόν — " la raison ", le sens de " faculté d'élocution ".

début trois mille oraisons par jour. Debout, assis, couché ou en marchant, dis sans cesse : Seigneur Jésus-Christ, ayez pitié de moi ! doucement et sans hâte. Et récite exactement trois mille oraisons par jour sans en ajouter ou retrancher aucune. C'est ainsi que tu parviendras à l'activité perpétuelle du cœur.

Je reçus avec joie ces paroles du starets et m'en retournai chez moi. Je me mis à faire exactement et fidèlement ce qu'il m'avait enseigné. Pendant deux jours, j'y eus quelque difficulté, puis cela devint si facile que lorsque je ne disais pas la prière, je sentais comme un besoin de la reprendre et elle coulait avec facilité et légèreté sans rien de la contrainte du début.

Je racontai cela au starets, qui m'ordonna de réciter six mille oraisons par jour et me dit :

— Sois sans trouble et efforce-toi seulement de t'en tenir fidèlement au nombre d'oraisons qui t'est prescrit : Dieu te fera miséricorde.

Pendant toute une semaine, je demeurai dans ma cabane solitaire à réciter chaque jour mes six mille oraisons sans me soucier de rien autre et sans avoir à lutter contre les pensées ; j'essayais seulement d'observer exactement le commandement du starets. Qu'arriva-t-il ? Je m'habituai si bien à la prière que, si je m'arrêtais un court instant, je sentais un vide comme si j'avais perdu quelque chose; dès que je reprenais ma prière, j'étais de nouveau léger et heureux. Si je rencontrais quelqu'un, je n'avais plus envie de parler, je désirais seulement être dans la solitude et réciter la prière; tellement je m'y trouvais habitué au bout d'une semaine.

Le starets qui ne m'avait pas vu depuis dix jours vint lui-même prendre de mes nouvelles; je lui expliquai ce qui m'arrivait. Après m'avoir écouté, il dit :

— Te voilà habitué à la prière. Vois-tu, il faut maintenant garder cette habitude et la fortifier : ne perds pas de temps et, avec l'aide de Dieu, prends la résolution de réciter douze mille oraisons par jour; demeure dans la solitude, lève-toi un peu plus tôt, couche-toi un peu plus tard et viens me voir deux fois par mois.

Je me conformai aux ordres du starets et, le premier jour, c'est à peine si je parvins à réciter mes douze mille oraisons que j'achevai tard dans la soirée. Le lendemain je le fis plus facilement et avec plaisir. Je ressentis d'abord de la fatigue, une sorte de durcissement de la langue et une raideur dans les mâchoires, mais sans rien de désagréable; ensuite j'eus légèrement mal au palais, puis au pouce de la main gauche qui égrenait le rosaire, tandis que mon bras s'échauffait jusqu'au coude, ce qui produisait une sensation délicieuse. Et cela ne faisait que m'inciter à réciter encore mieux la prière. Ainsi pendant cinq jours, j'exécutai fidèlement les douze mille oraisons et, en même temps que l'habitude, je reçus l'agrément et le goût de la prière.

Un matin de bonne heure, je fus comme réveillé par la prière. Je commençai à dire mes oraisons du matin, mais ma langue s'y embarrassait et je n'avais d'autre désir que de réciter la prière de Jésus. Dès que je m'y fus mis, je devins tout heureux, mes lèvres remuaient d'elles-mêmes et sans effort. Je passai toute la journée dans la joie. J'étais comme retranché de tout et me sentais dans un autre monde. Je terminai sans difficulté mes douze mille oraisons avant la fin du jour. J'aurais beaucoup voulu continuer, mais je n'osais dépasser le chiffre indiqué par le starets. Les jours suivants, je continuai à invoquer le nom de Jésus-Christ avec facilité et sans jamais me lasser.

J'allai voir le starets et lui racontai tout cela en détail. Lorsque j'eus fini, il me dit :

— Dieu t'a donné le désir de prier et la possibilité de le faire sans peine. C'est là un effet naturel produit par l'exercice et l'application constante, de même qu'une machine dont on lance peu à peu le volant continue ensuite à tourner d'elle-même; mais, pour qu'elle reste en mouvement, il faut la graisser et lui donner parfois un nouvel élan. Tu vois maintenant de quelles facultés merveilleuses le Dieu ami des hommes a doué notre nature sensible elle-même; et tu as connu les sensations extraordinaires qui peuvent naître même dans l'âme pécheresse, dans la nature impure que n'illumine pas encore la grâce. Mais quel degré de perfection, de joie et de ravissement n'atteint pas l'homme lorsque le Seigneur veut bien lui révéler la prière spirituelle spontanée et purifier son âme des passions ! C'est un état inexprimable et la révélation de ce mystère est un avant-goût de la douceur céleste. C'est le don que reçoivent ceux qui cherchent le Seigneur dans la simplicité d'un cœur débordant d'amour !

Désormais, je te permets de réciter autant d'oraisons que tu le veux, essaie de consacrer tout le temps de la veille à la prière et invoque le nom de Jésus sans plus compter, t'en remettant humblement à la volonté de Dieu, et espérant en son secours; il ne t'abandonnera pas et dirigera ta route.

Obéissant à cette règle, je passai tout l'été à réciter sans cesse la prière de Jésus et je fus tout à fait tranquille. Durant mon sommeil, je rêvais parfois que je récitais la prière. Et pendant la journée, lorsqu'il m'arrivait de rencontrer des gens, ils me semblaient aussi aimables que s'ils avaient été de ma famille. Mais je ne restais pas avec eux. Les pensées s'étaient apaisées et je ne vivais qu'avec la prière; je commençais à incliner mon esprit à l'écouter et parfois mon cœur ressentait de lui-même comme une chaleur et une grande joie. Lorsqu'il m'arrivait d'entrer à l'église, le long service de la solitude me paraissait court et ne me lassait plus comme auparavant. La cabane solitaire me semblait un palais splendide et je ne savais comment remercier Dieu de m'avoir envoyé, à moi pauvre pécheur, un starets à l'enseignement si bienfaisant.

Mais je n'eus pas longtemps à jouir de la direction de mon starets bien-aimé et sage — il mourut à la fin de l'été. Je lui dis adieu avec des larmes et, en le remerciant pour son enseignement paternel, je lui demandai de me laisser comme bénédiction le rosaire avec lequel il priait toujours. Ainsi je restai seul. L'été s'acheva, on récolta les fruits du jardin. Je n'avais plus où vivre. Le paysan me donna deux roubles d'argent comme salaire, remplit mon sac de pain pour la route et je repris ma vie errante; mais je n'étais plus dans le besoin comme jadis. L'invocation du nom de Jésus-Christ me réjouissait tout le long du chemin et tout le monde me traitait avec bonté; il semblait que tous s'étaient mis à m'aimer.

Un jour je me demandai que faire avec les roubles que m'avait donnés le paysan. A quoi me servent-ils ? Oui ! Eh bien, je n'ai plus de starets, personne pour me guider; je vais acheter une *Philocalie* et j'y apprendrai la prière intérieure. Je fis un signe de croix et continuai ma route en priant. J'arrivai dans un chef-lieu de gouvernement et me mis à chercher par les boutiques une *Philocalie*; j'en trouvai bien une, mais le marchand en voulait trois roubles et je n'en avais que deux; j'eus beau marchander, il ne voulut rien rabattre; enfin, il me dit :

— Va donc voir dans cette église, demande au sacristain; il a un vieux livre comme ça, qu'il te cédera peut-être pour tes deux roubles.

J'y allai et achetai en effet pour deux roubles une *Philocalie* fort vieille et abîmée; j'en fus tout heureux. Je la raccommodai comme je pus avec de l'étoffe et la mis dans mon sac avec la Bible.

Voilà comment je vais maintenant, disant sans cesse la prière de Jésus, qui m'est plus chère et plus douce que tout au monde. Parfois, je fais plus de soixante-dix verstes en un jour et je ne sens pas que je vais; je sens seulement que je dis la prière. Quand un froid violent me saisit, je récite la prière avec plus d'attention et bientôt je suis tout réchauffé. Si la faim devient trop forte, j'invoque plus souvent le nom de Jésus-Christ et je ne me rappelle plus avoir eu faim. Si je me sens malade et que mon dos ou mes jambes me fassent mal, je me concentre dans la prière et je ne sens plus la douleur. Lorsque quelqu'un m'offense, je ne pense qu'à la bienfaisante prière de Jésus; aussitôt, colère ou peine disparaissent et j'oublie tout. Je suis devenu un peu bizarre. Je n'ai souci de rien, rien ne m'occupe, rien de ce qui est extérieur ne me retient, je voudrais être toujours dans la solitude; par habitude, je n'ai qu'un seul besoin : réciter sans cesse la prière, et, quand je le fais, je deviens tout gai. Dieu sait ce qui se fait en moi. Naturellement, ce ne sont là que des impressions sensibles ou, comme disait le starets, l'effet de la nature et d'une habitude acquise; mais je n'ose encore me mettre à l'étude de la prière spirituelle à l'intérieur du cœur, je suis trop indigne et trop bête. J'attends l'heure de Dieu, espérant en la prière de mon défunt starets. Ainsi, je ne suis pas encore parvenu à la prière spirituelle du cœur, spontanée[15] et perpétuelle; mais, grâce à Dieu, je comprends clairement maintenant ce que signifie la parole de l'Apôtre que j'entendis jadis : « *Priez sans cesse* ».

15. Littéralement : automatique.

Deuxième récit

Longtemps je voyageai par toutes sortes de lieux, accompagné de la prière de Jésus, qui me fortifiait et me consolait sur tous les chemins, en toute occasion et à toute rencontre. A la fin, il me sembla que je ferais bien de m'arrêter quelque part pour trouver une plus grande solitude et pour étudier la *Philocalie*, que je ne pouvais lire que le soir à l'étape ou pendant le repos de midi; j'avais un grand désir de m'y plonger longuement pour y puiser avec foi la doctrine véritable du salut de l'âme par la prière du cœur. Malheureusement, pour satisfaire ce désir, je ne pouvais m'employer à aucun travail manuel puisque j'avais perdu l'usage de mon bras gauche dès ma petite enfance; aussi, dans l'impossibilité de me fixer quelque part, je me dirigeai vers les pays sibériens, vers Saint-Innocent d'Irkoutsk*, pensant que, par les plaines et les forêts de Sibérie, je trouverais plus de silence et pourrais me livrer plus commodément à la lecture et à la prière. Je m'en allai ainsi, récitant sans cesse la prière.

Au bout de quelque temps, je sentis que la prière passait d'elle-même dans mon cœur, c'est-à-dire que mon cœur, en battant régulièrement, se mettait en quelque sorte à réciter en lui-même les paroles saintes sur chaque battement, par exemple 1- Seigneur, 2- Jésus, 3- Christ, et ainsi de suite. Je cessai de remuer les lèvres et j'écoutai attentivement ce que disait mon cœur; j'essayais aussi de regarder à l'intérieur du cœur, me rappelant combien c'était agréable, au dire de mon défunt starets. Puis, je ressentis une légère douleur au cœur et dans mon esprit un tel amour pour Jésus-Christ qu'il me semblait que, si je l'avais vu, je me serais jeté à ses pieds, je les aurais saisis, embrassés et baignés de mes larmes en le remerciant pour la consolation qu'il nous donne avec son nom, dans sa bonté et son amour pour sa créature indigne et coupable.

Bientôt apparut dans mon cœur une bienfaisante chaleur qui gagna toute ma poitrine. Cela me conduisit en particulier à une lecture attentive de la *Philocalie* pour y vérifier ces sensations et y étudier le développement de la prière intérieure du cœur; sans ce contrôle, j'aurais craint de tomber dans l'illusion, de prendre les actions de la nature pour celles de la grâce et de m'enorgueillir de cette acquisition rapide de la prière, selon ce que m'avait expliqué mon défunt starets. C'est pourquoi je marchais surtout la nuit et je passais mes journées à lire la *Philocalie* assis dans la forêt sous les arbres. Ah ! combien de choses nouvelles, de choses profondes et ignorées je découvris par cette lecture ! Dans cette occupation, je goûtais une béatitude plus parfaite que tout ce que j'avais pu imaginer jusque-là. Sans doute, certains passages restaient incompréhensibles à mon esprit borné, mais les effets de la prière du cœur éclaircissaient ce que je ne comprenais pas; de plus, je voyais parfois en songe mon défunt starets qui m'expliquait beaucoup de difficultés et inclinait toujours plus mon âme incompréhensive à l'humilité. Je passai deux grands mois d'été dans ce bonheur parfait. Je voyageais surtout par les bois et les chemins de campagne; lorsque j'arrivais dans un village, je demandais un sac de pain, une poignée de sel, je remplissais d'eau ma gourde et je repartais pour cent verstes.

Le pèlerin est attaqué par des brigands [1].

Sans doute à cause des péchés de mon âme endurcie, ou pour le progrès de ma vie spiri-

1. Cette histoire rappelle un épisode de la vie de saint Séraphin de Sarov. A l'automne de 1801, comme

tuelle, les tentations apparurent à la fin de l'été. Voici comment : un soir que j'avais débouché sur la grand-route, je rencontrai deux hommes qui avaient des têtes de soldats; ils me demandèrent de l'argent. Quand je leur dis que je n'avais pas un sou, ils ne voulurent pas me croire et crièrent brutalement :

— Tu mens ! Les pèlerins ramassent beaucoup d'argent ! L'un des deux ajouta : — Inutile de parler longtemps avec lui ! et il me frappa à la tête avec son gourdin; je tombai sans connaissance.

Je ne sais si je restai longtemps ainsi, mais lorsque je revins à moi, je vis que j'étais dans la forêt près de la route; j'étais tout déchiré et mon sac avait disparu; il n'y avait plus que les bouts de la ficelle par laquelle il tenait. Dieu merci, ils n'avaient pas emporté mon passeport que je gardais dans ma vieille toque

---

il coupait du bois dans la forêt, le moine fut attaqué par des brigands qui voulaient lui prendre de l'argent. Quand il leur dit qu'il n'avait rien, ils le frappèrent à la tête et le blessèrent gravement.

Le solitaire refusa de se laisser soigner par des médecins, confiant dans l'aide du Seigneur, qui lui avait envoyé une vision pendant qu'il gisait à terre. Il demanda que ses agresseurs ne soient pas poursuivis, rappelant la parole évangélique : *Ne craignez pas ceux qui peuvent tuer le corps, mais ne peuvent tuer l'âme. Craignez plutôt celui qui peut perdre le corps et l'âme dans la géhenne* (Matth. 10, 28).

pour pouvoir le montrer rapidement quand c'était nécessaire. M'étant mis debout, je pleurai amèrement non tant à cause de la douleur que pour mes livres, ma Bible et ma *Philocalie*, qui étaient dans le sac volé. Toute la journée, toute la nuit, je m'affligeai et je pleurai. Où est ma Bible que je lisais depuis que j'étais petit et que j'avais toujours avec moi ? Où est ma *Philocalie* de laquelle je tirais enseignement et consolation ? Malheureux, j'ai perdu l'unique trésor de ma vie, sans avoir pu m'en rassasier. Il aurait mieux valu mourir que de vivre ainsi sans nourriture spirituelle. Jamais je ne pourrai les racheter.

Deux jours durant, je pus à peine marcher tant j'étais affligé ; le troisième jour, je tombai à bout de forces près d'un buisson et m'endormis. Voilà qu'en songe, je me vois à la solitude, dans la cellule de mon starets et je lui pleure mon chagrin. Le starets, après m'avoir consolé, me dit :

— Que ce te soit une leçon de détachement des choses terrestres pour aller plus librement vers le ciel. Cette épreuve t'a été envoyée pour que tu ne tombes pas dans la volupté spirituelle. Dieu veut que le chrétien renonce à sa volonté propre et à tout attachement pour elle, afin de se remettre entièrement à la volonté divine. Tout ce qu'il fait est pour le bien et le salut de l'homme. *Il veut que tous soient sauvés*[2]. Aussi reprends courage et crois *qu'avec la tentation, le Seigneur prépare aussi l'heureuse issue*[3]. Bientôt tu recevras une consolation plus grande que toute ta peine.

A ces mots, je me réveillai, je sentis dans mon corps des forces fraîches, et dans mon âme comme une aurore et un calme nouveau. Que la volonté du Seigneur soit faite ! dis-je. Je me levai, me signai et partis. La prière agissait de nouveau dans mon cœur comme auparavant et pendant trois jours je cheminai tranquillement.

Soudain, je rencontre sur la route une troupe de forçats, qu'on menait sous escorte. En arrivant à leur niveau, j'aperçus les deux hommes qui m'avaient dépouillé et, comme ils marchaient au bord de la colonne, je me jetai à leurs pieds et les suppliai de me dire où étaient mes livres. Ils firent d'abord semblant de ne pas me reconnaître, puis l'un d'eux me dit :

— Si tu nous donnes quelque chose, nous te dirons où sont tes livres. Il nous faut un rouble d'argent.

Je jurai que je le leur donnerais, absolument, dussé-je mendier pour cela.

2. I Tim. 2, 4.
3. I Cor. 10, 13.

— Tenez, si vous voulez, prenez mon passeport en gage.

Ils me dirent que mes livres se trouvaient dans les voitures avec d'autres objets volés qu'on leur avait retirés.

— Comment puis-je les obtenir ?

— Demande au capitaine de l'escorte.

Je courus au capitaine et lui expliquai la chose en détail. Dans la conversation, il me demanda si je savais lire la Bible.

— Non seulement je sais lire, dis-je, mais aussi écrire; vous verrez sur la Bible une inscription qui montre qu'elle m'appartient; et voici sur mon passeport mon nom et mon prénom.

Le capitaine me dit :

— Ces brigands sont des déserteurs, ils vivaient dans une cabane et détroussaient les passants. Un cocher adroit les a arrêtés hier, alors qu'ils voulaient lui enlever sa troïka. Je ne demande pas mieux que de te remettre tes livres, s'ils sont là : mais il faut que tu viennes avec nous jusqu'à l'étape; c'est à quatre verstes seulement et je ne peux arrêter tout le convoi à cause de toi.

Je marchais tout joyeux à côté du cheval du capitaine et bavardais avec lui. Je vis que c'était un homme honnête et bon et qui n'était déjà plus jeune. Il me demanda qui j'étais, d'où je venais et où j'allais. Je lui répondis en toute vérité; et ainsi nous atteignîmes la maison d'étape. Il alla chercher mes livres, et me les remit en disant :

— Où veux-tu donc aller maintenant ? Il fait déjà nuit. Tu n'as qu'à rester avec moi.

Je restai. J'étais si heureux d'avoir retrouvé mes livres que je ne savais comment remercier Dieu; je les serrais contre mon cœur jusqu'à en avoir des crampes dans les bras. Des larmes de bonheur me coulaient des yeux, et mon cœur battait d'une joie délicieuse.

Le capitaine dit en me regardant :

— On voit que tu aimes lire la Bible.

Dans ma joie, je ne pus répondre un mot. Je ne faisais que pleurer. Il continua :

— Moi-même, frère, je lis chaque jour avec soin l'Évangile. Là-dessus, entrouvrant son uniforme, il en tira un petit Évangile de Kiev [4] avec une couverture en argent.

— Assieds-toi et je te raconterai comment j'ai pris cette habitude. Holà ! qu'on nous serve à souper !

Histoire du capitaine.

Nous nous mîmes à table. Le capitaine commença son récit :

4. C'est un livre sorti de la célèbre imprimerie de la Laure de Kiev.

— Depuis ma jeunesse, j'ai servi dans l'armée et jamais en garnison. Je connaissais bien le service et mes chefs me considéraient comme un enseigne modèle. Mais mes années étaient jeunes et mes amis aussi; pour mon malheur, j'appris à boire et je me livrai tellement à la boisson que j'en devins malade; quand je ne buvais pas, j'étais un excellent officier, mais au moindre petit verre, c'était six semaines de lit. Longtemps, on me supporta, mais, à la fin, pour avoir insulté un chef après boire, je fus dégradé et condamné à servir trois ans en garnison; si je n'abandonnais pas la boisson, j'étais menacé d'un châtiment des plus sévères. Dans cette position misérable, j'eus beau essayer de me retenir, j'eus beau me faire soigner, je ne pus me débarrasser de ma passion et l'on décida de m'envoyer aux bataillons de discipline. Lorsque je l'appris, je ne sus plus que devenir.

Un jour, j'étais assis dans la chambrée et je pensais à tout cela. Voilà que vient un moine qui quêtait pour une église. Chacun donnait ce qu'il pouvait. Arrivé près de moi, il me demande :

— Pourquoi es-tu si triste ?

Je parlai un peu avec lui et lui racontai mon malheur. Le moine, compatissant à ma situation, me dit :

— La même chose est arrivée à mon propre

frère, et voilà comme il s'en est tiré : Son père spirituel lui donna un Évangile et lui ordonna d'en lire un chapitre, chaque fois qu'il aurait envie de boire; et si l'envie revenait, il devait lire le chapitre suivant. Mon frère mit ce conseil en pratique et, au bout de peu de temps, la passion de boire le quitta. Voilà quinze ans qu'il n'a plus goûté une boisson forte. Fais donc de même, et tu en verras bientôt l'avantage. J'ai un Évangile, si tu veux, je te l'apporterai.

A ces mots, je lui dis :

— Que veux-tu que je fasse de ton Évangile, alors que ni mes efforts, ni les moyens médicaux n'ont pu me retenir ? (Je parlais ainsi parce que je n'avais jamais lu l'Évangile).

— Ne dis pas cela, répliqua le moine. Je t'assure que tu y trouveras profit.

Le lendemain, en effet, le moine m'apporta cet Évangile que voilà. Je l'ouvris, le regardai, je lus quelques phrases et lui dis :

— Je n'en veux pas; on n'y comprend rien; je n'ai pas l'habitude de lire les caractères d'église [5].

Le moine continua à m'exhorter, disant que dans les mots mêmes de l'Évangile il y a une

5. L'alphabet slavon comporte quarante-trois lettres. Les caractères en sont assez différents de ceux de l'alphabet russe.

force bienfaisante; car c'est Dieu lui-même qui a dit les paroles qu'on y trouve imprimées. Ça ne fait rien si tu ne comprends pas, lis seulement avec attention. Un saint a dit : *Si tu ne comprends pas la parole de Dieu les diables comprennent ce que tu lis et ils tremblent*[6]; et certes le désir de boire est bien l'œuvre des démons. Et je te dirai encore ceci : Jean Chrysostome écrit que même la demeure où est conservé l'Évangile effraie les esprits des ténèbres et forme un obstacle à leurs intrigues.

Je ne me souviens plus très bien — je crois que je donnai quelque chose à ce moine — je pris son Évangile et le fourrai dans mon coffre avec mes affaires; je l'oubliai complètement. Quelque temps après, arriva le moment de boire; j'en crevais d'envie et j'ouvris mon coffre pour y prendre de l'argent et filer au cabaret. L'Évangile me tomba sous les yeux, et, me rappelant subitement tout ce que m'avait dit le moine, je l'ouvris et commençai à lire le premier chapitre de Matthieu. Je le lus jusqu'au bout sans rien y comprendre; mais je me rappelai ce qu'avait expliqué le moine : ça ne fait rien si tu ne comprends pas, lis seulement avec attention. Eh ! me dis-je, essayons encore un chapitre. La lecture m'en parut plus claire.

6. Cf. Jacques 2, 19.

Voyons aussi le troisième : je ne l'avais pas commencé qu'une sonnerie retentit : c'était l'appel du soir. Il n'y avait plus moyen de quitter la caserne; ainsi, je restai sans boire.

Le lendemain matin, comme j'allais sortir pour chercher de l'eau-de-vie, je me dis : Et si je lisais un chapitre de l'Évangile ? On verra bien. Je le lus et je ne bougeai pas. Une autre fois encore, j'eus envie d'alcool, mais je me mis à lire et me sentis soulagé. J'en fus tout réconforté et, à chaque sursaut de mon désir, je m'attaquais à un chapitre de l'Évangile. Plus le temps passait et mieux ça allait. Lorsque j'eus fini les quatre Évangiles, ma passion pour le vin avait complètement disparu; j'étais devenu de glace à ce sujet. Et tiens, voilà juste vingt ans maintenant que je n'ai plus touché une boisson forte.

Tout le monde fut étonné de mon changement; au bout de trois ans, je fus réadmis dans le corps des officiers, je franchis les grades successifs et devins capitaine. Je me mariai, je tombai sur une excellente femme; nous avons amassé quelque bien, et maintenant, Dieu merci, ça va à peu près; nous aidons les pauvres comme nous le pouvons et recevons les pèlerins. J'ai un fils qui est déjà officier, c'est un brave garçon.

Eh bien, vois-tu, depuis ma guérison, je me suis promis de lire chaque jour, ma vie durant, un des quatre Évangiles en entier, sans admettre aucun empêchement. C'est ainsi que je fais. Lorsque je suis accablé de travail et que je suis très fatigué, je me couche et je demande à ma femme ou à mon fils de lire l'Évangile à côté de moi, ainsi j'observe ma règle. En témoignage de reconnaissance et pour la gloire de Dieu, j'ai fait couvrir cet Évangile en argent massif et je le porte toujours sur ma poitrine.

J'écoutais avec plaisir ces propos du capitaine et lui dis :

— J'ai connu un cas semblable : dans notre village, à la fabrique, il y avait un excellent ouvrier, très versé dans son métier; mais, pour son malheur, il buvait, et souvent. Un homme pieux lui conseilla, à chaque fois qu'il aurait envie d'eau-de-vie, de réciter trente-trois prières de Jésus en l'honneur de la Très Sainte Trinité et d'après les années de la vie terrestre de Jésus-Christ. C'est ce qu'il fit et il cessa bientôt de boire. Et ce n'est pas tout : trois ans après, il entrait au monastère.

— Et qu'est-ce qui vaut plus, demanda le capitaine, la prière de Jésus ou l'Évangile ?

— C'est tout un, répondis-je. L'Évangile est comme la prière de Jésus : car le nom divin de Jésus-Christ enferme en lui toutes les vérités évangéliques. Les Pères disent que la prière de Jésus est le résumé de tout l'Évangile.

Puis, nous dîmes les prières; le capitaine commença à lire depuis le début l'Évangile de Marc et je l'écoutai en faisant oraison dans mon cœur. Le capitaine termina sa lecture à deux heures du matin et nous allâmes nous coucher.

Selon mon habitude, je me levai tôt le matin; tout le monde dormait; le jour commençait à peine que je me plongeai dans ma chère *Philocalie*. Avec quelle joie je l'ouvris ! Il me semblait avoir retrouvé mon père après une longue absence ou un ami ressuscité des morts. Je l'embrassai et remerciai Dieu de me l'avoir rendue; je commençai à lire Théolepte de Philadelphie* dans la deuxième partie de la *Philocalie*. Je fus étonné de voir qu'il propose de se livrer au même moment à trois ordres d'activité : assis à table, dit-il, donne à ton corps la nourriture, à ton oreille la lecture et à ton esprit la prière. Mais le souvenir de la bienfaisante soirée de la veille m'expliquait pratiquement cette pensée. C'est alors que je compris le mystère de la différence entre le cœur et l'esprit.

Lorsque le capitaine se réveilla, j'allai le remercier de sa bonté et lui dire adieu. Il me versa du thé, me donna un rouble d'argent et nous nous séparâmes. Je repris ma route tout joyeux.

Au bout de la première verste, je me souvins

que j'avais promis aux soldats un rouble, que je me trouvais posséder maintenant. Fallait-il le leur remettre ou non ? D'un côté, me disais-je, ils t'ont frappé et volé, et ils n'en peuvent rien faire, puisqu'ils sont arrêtés. Mais d'autre part rappelle-toi ce qu'écrit la Bible : *Si ton ennemi a faim, donne-lui à manger*[7]. Et Jésus-Christ lui-même dit : *Aimez vos ennemis*[8] et encore *Si quelqu'un veut t'arracher ta robe, donne-lui aussi ton manteau*[9]. Ainsi persuadé, je revins sur mes pas et j'arrivai à la maison d'étape au moment où le convoi se formait pour repartir : je courus vers les deux malfaiteurs et leur glissai mon rouble dans la main en disant :

— Priez et faites pénitence; Jésus-Christ est l'ami des hommes. Il ne vous abandonnera pas !

Je m'éloignai sur ces mots et repris ma route dans l'autre sens.

Solitude.

Après avoir fait cinquante verstes sur la grand-route, je m'engageai dans les chemins de campagne plus solitaires et plus propres à la lecture. Longtemps, j'allai par les bois; de temps à autre, je rencontrais un petit village.

7. Rom. 12, 20. — 8. Matth. 5, 44. — 9. Matth. 5, 40.

Souvent, je m'installais pour toute la journée dans la forêt à lire la *Philocalie*; j'y puisais des connaissances étonnantes et profondes. Mon cœur était enflammé du désir de s'unir à Dieu par la prière intérieure que je m'efforçais d'étudier et de contrôler dans la *Philocalie*; en même temps, j'étais triste de n'avoir pas trouvé un abri où je pourrais me livrer à la lecture en paix et sans interruption.

A cette époque, je lisais aussi ma Bible et je sentais que je commençais à la mieux comprendre; j'y trouvais moins de passages obscurs. Les Pères ont raison de dire que la *Philocalie* est la clé qui découvre les mystères ensevelis dans l'Écriture. Sous sa direction, je commençais à comprendre le sens caché de la Parole de Dieu; je découvrais ce que signifient *l'homme intérieur au fond du cœur* [10], *la prière véritable*, *l'adoration en esprit* [11], *le Royaume à l'intérieur de nous* [12], *l'intercession de l'Esprit-Saint* [13]; je comprenais le sens de ces paroles : *Vous êtes en moi* [14], *donne-moi ton cœur* [15], *être revêtu du Christ* [16], *les fiançailles de l'Esprit dans nos cœurs* [17], *l'invocation Abba Père* [18] et bien d'autres. Quand en même temps je priais au fond du cœur, tout ce qui m'entourait

10. Cf. I Pierre 3, 4. — 11. Cf. Jean 4, 23. — 12. Luc 17, 21. — 13. Cf. Rom. 8, 26. — 14. Jean 15, 4. — 15. Prov. 23, 26. — 16. Rom. 13, 14 et Gal. 3, 27. — 17. Cf. Apoc. 22, 17. — 18. Rom. 8, 15-16.

m'apparaissait sous un aspect ravissant : les arbres, les herbes, les oiseaux, la terre, l'air, la lumière, tous semblaient me dire qu'ils existent pour l'homme, qu'ils témoignent de l'amour de Dieu pour l'homme; tout priait, tout chantait gloire à Dieu ! Je comprenais ainsi ce que la *Philocalie* appelle " la connaissance du langage de la création ", et je voyais comment il est possible de converser avec les créatures de Dieu.

Histoire d'un forestier.

Je voyageai longtemps ainsi. Enfin, j'atteignis un pays si perdu que je restai trois jours sans voir un village. J'avais fini mon pain et me demandais avec inquiétude comment ne pas mourir de faim. Dès que j'eus commencé à prier dans mon cœur, mon ennui disparut, je m'en remis à la volonté de Dieu, je devins gai et tranquille. J'avançais depuis peu sur la route à travers une immense forêt lorsque j'aperçus devant moi un chien de garde qui sortait de la forêt; je l'appelai et il vint, tout gentil, se faire caresser. Je me réjouis et me dis : Voilà bien la bonté de Dieu ! Il y a sûrement un troupeau dans cette forêt et c'est le chien du berger, ou bien peut-être un chasseur poursuit-il du gibier par ici; de toutes façons, je pourrai demander du pain, puisque voilà deux jours que je n'ai pas mangé, ou m'informer s'il n'y a pas un village dans le voisinage. Le chien, après avoir tourné autour de moi, voyant qu'il n'y avait rien à manger, s'enfuit dans la forêt par le même petit sentier d'où il avait sauté sur la route. Je le suivis; au bout de deux cents mètres, j'aperçus à travers les arbres le chien installé dans un terrier d'où il sortait la tête en aboyant.

Je vis approcher entre les arbres un paysan maigre et pâle, d'âge moyen. Il me demanda comment j'étais parvenu jusque-là. Je lui demandai ce qu'il faisait en un lieu si perdu. Et nous échangeâmes quelques paroles amicales. Le paysan me pria d'entrer dans sa cabane et m'expliqua qu'il était garde forestier et surveillait cette forêt qui devait être mise en coupe. Il m'offrit le pain et le sel, et la conversation s'engagea entre nous.

— Je t'envie cette vie solitaire que tu mènes, lui dis-je; ce n'est pas comme moi, toujours errant et en contact avec tout le monde.

— Si tu le désires, me dit-il, tu peux très bien vivre ici; il y a par là une vieille cabane, celle qui a servi à l'ancien garde; elle est un peu démolie, mais pour l'été on peut s'en arranger. Tu as un passeport. Il y a assez de pain pour nous deux, on m'en apporte chaque semaine de notre village; et voilà le ruisseau qui n'est jamais à sec. Pour moi, frère, voilà dix ans que je ne mange que du pain et ne bois que de l'eau. Seulement, à l'automne, quand les travaux des champs seront finis, il viendra deux cents hommes pour la coupe; je n'aurai plus rien à faire ici et on ne te permettra pas d'y rester.

A ces mots, je sentis une telle joie que je faillis me jeter à ses pieds. Je ne savais comment remercier Dieu de sa bonté envers moi.

Tout ce que je désirais et pour quoi je me tracassais, voilà que je le reçois brusquement. Jusqu'à la mi-automne, il y a encore quatre mois et je peux, pendant ce temps, profiter du silence et de la paix pour étudier avec l'aide de la *Philocalie* la prière perpétuelle à l'intérieur du cœur. Aussi je résolus de m'installer dans la cabane indiquée. Nous continuâmes à parler et ce simple frère me raconta sa vie et ses idées.

— Dans mon village, dit-il, je n'étais pas le dernier; j'avais un métier, je teignais les étoffes en rouge et en bleu; je vivais à mon aise, mais non sans péché : je trompais beaucoup ma clientèle et je jurais à tout propos; j'étais grossier, buveur et querelleur.

Dans ce village, il y avait un vieux chantre qui possédait un livre ancien, très ancien, sur le Jugement dernier [19]. Souvent, il venait chez les fidèles orthodoxes pour y lire; on lui donnait pour cela un peu d'argent; il venait aussi chez moi. La plupart du temps, on lui donnait dix sous avec un verre d'eau-de-vie et il restait à lire jusqu'au chant du coq. Une fois, je travaillais tout en l'écoutant, il lisait un passage sur les tortures de l'enfer et sur la résurrection des morts, comment Dieu viendra juger, comment les anges souffleront dans des trompettes, quel feu, quelle poix il y aura et comment les vers dévoreront les pécheurs. Soudain, j'eus une peur effrayante et je me dis : Je n'échapperai pas aux tourments ! Holà, je vais me mettre à sauver mon âme et j'arriverai peut-être à racheter mes péchés. Je réfléchis longuement et je décidai d'abandonner mon métier; je vendis ma maison et comme je vivais seul, je me fis garde forestier, ne demandant pour salaire que du pain, de quoi me couvrir et des cierges pour allumer pendant les prières.

Voilà plus de dix ans que je vis ici. Je ne mange qu'une fois par jour et ne prends que du pain et de l'eau. Chaque nuit, je me lève au premier chant du coq et jusqu'au jour je fais

19. Il s'agit sans doute d'un sermon d'Ephrem le Syrien, où le jugement est présenté d'une façon particulièrement dramatique. (Cf. la note sur ce Père de l'Église, index, p. 169.)

mes génuflexions et mes salutations jusqu'à terre; lorsque je prie, j'allume sept cierges devant les images. Le jour, quand je parcours la forêt, je porte des chaînes de soixante livres sur la peau. Je ne jure pas, je ne bois ni bière ni alcool, je ne me querelle avec personne; femmes et filles, je n'en ai jamais connu.

Au début, j'étais plutôt content de vivre ainsi, mais, à force, je suis assailli de réflexions que je ne peux chasser. Dieu sait si je rachèterai mes péchés, mais cette vie est bien dure. Et puis, est-ce vrai ce que racontait le livre ? Comment l'homme peut-il ressusciter ? Ceux qui sont morts depuis cent ans et plus, leur poussière même a disparu. Et qui sait, y aura-t-il un enfer ou non ? En tout cas, personne n'est jamais revenu de l'autre monde; quand l'homme meurt, il pourrit et il n'en reste plus de traces. Ce livre, c'est peut-être les popes ou les fonctionnaires qui l'ont écrit pour nous effrayer, nous, les imbéciles, et que nous soyons plus soumis. Ainsi, on vit péniblement, sans consolation sur cette terre et dans l'autre monde, il n'y aura rien ! Alors, à quoi bon ? Ne vaut-il pas mieux avoir au moins un peu de bon temps tout de suite ? Ces idées me poursuivent, ajouta-t-il, et j'ai peur de devoir reprendre mon ancien métier.

J'étais plein de pitié pour lui et je me disais : On prétend que seuls les savants et les intellectuels deviennent libres penseurs et ne croient plus à rien, mais nos frères, les simples paysans, quelle incroyance ils se fabriquent ! Sûrement le monde obscur a accès près de tous et il s'attaque peut-être encore plus facilement aux simples. Il faut raisonner autant que possible et se fortifier contre l'ennemi par la Parole de Dieu.

Aussi, pour soutenir un peu ce frère et raffermir sa foi, je sortis de mon sac la *Philocalie* et l'ouvris au chapitre 109 du bienheureux Hésychius *. Je le lus et lui expliquai qu'on ne se retient pas de pécher par la seule crainte du châtiment, car l'âme ne peut s'affranchir des pensées coupables que par la vigilance de l'esprit et la pureté du cœur. Tout cela s'acquiert par la prière intérieure. Si quelqu'un s'engage sur la voie ascétique non seulement par crainte des tortures de l'enfer, mais même par désir du royaume céleste, ajoutai-je, les Pères comparent son action à celle d'un mercenaire. Ils disent que la peur des tourments est la voie de l'esclave et le désir d'une récompense est la voie du mercenaire. Mais Dieu veut que nous venions à lui comme des fils; il veut que l'amour et le zèle nous poussent à nous conduire dignement, et que nous jouissions de l'union parfaite avec lui dans l'âme et dans le cœur [20].

20. Cf. Grégoire de Nysse, *Vie de Moïse*, éd. Daniélou, (Sources chrétiennes, nº 1 bis) p. 174. " Car c'est

— Tu auras beau t'épuiser, t'imposer les épreuves et les exploits physiques les plus durs; si tu n'as pas toujours Dieu dans l'esprit et la prière de Jésus dans le cœur, tu ne seras jamais à l'abri des pensées mauvaises; tu seras toujours disposé à pécher à la moindre occasion. Mets-toi donc, frère, à réciter sans cesse la prière de Jésus; cela t'est facile dans cette solitude; tu en verras bientôt le profit. Les idées impies disparaîtront, la foi et l'amour pour Jésus-Christ se révéleront à toi; tu comprendras comment les morts peuvent ressusciter et le Jugement dernier t'apparaîtra pour ce qu'il est véritablement. Et dans ton cœur il y aura tant de légèreté et de joie que tu en seras étonné; tu ne seras plus lassé ou troublé à cause de ta vie de pénitence !

Ensuite je lui expliquai de mon mieux comment réciter la prière de Jésus selon le commandement divin et les enseignements des Pères. Il semblait ne pas demander mieux et son trouble diminua. Alors, m'étant séparé de lui, j'entrai dans la vieille cabane qu'il m'avait indiquée

là réellement la perfection de ne pas abandonner la vie pécheresse par crainte du châtiment, à la manière des esclaves, ni d'accomplir le bien dans l'espérance des récompenses, mais... de ne craindre qu'une chose, de perdre l'amitié divine et de n'estimer qu'une chose honorable et aimable, de devenir ami de Dieu. »

Travaux spirituels.

Mon Dieu ! quelle joie, quelle consolation, quel ravissement je ressentis en franchissant le seuil de ce réduit ou pour mieux dire de ce tombeau; il m'apparaissait comme un magnifique palais rempli de gaîté. Avec des larmes de joie je remerciai Dieu et je me dis : Eh bien, maintenant, dans ce calme et dans cette paix, il faut travailler sérieusement et prier le Seigneur de m'éclairer l'esprit. Aussi je commençai à lire la *Philocalie* du début à la fin avec grande attention. En quelque temps, j'eus achevé ma lecture et me rendis compte de la sagesse, de la sainteté et de la profondeur de ce livre. Mais comme il y est traité de nombreux sujets, je ne pouvais tout comprendre ni rassembler les forces de mon esprit sur le seul enseignement de la prière intérieure afin de parvenir à la prière spontanée et perpétuelle à l'intérieur du cœur. J'en avais pourtant grande envie, d'après le commandement divin transmis par l'Apôtre : *Cherchez les dons les plus parfaits* [21] et aussi :

21. I Cor. 12, 31.

N'éteignez pas l'esprit[22]. J'avais beau réfléchir, je ne savais que faire. Je n'ai pas assez d'intelligence ni de compréhension, et personne pour m'aider. Je m'en vais ennuyer le Seigneur à force de prières et peut-être voudra-t-il éclairer mon esprit. Je passai ainsi une journée à prier sans m'arrêter un instant; mes pensées s'apaisèrent et je m'endormis; voilà qu'en songe je me vois dans la cellule de mon starets et il m'explique la *Philocalie* en disant : ce saint livre est rempli d'une grande sagesse. C'est un trésor mystérieux d'enseignements sur les desseins secrets de Dieu. Il n'est pas accessible en tout endroit et à quiconque; mais il contient des maximes à la mesure de chacun, profondes pour les esprits profonds, et simples pour les simples. C'est pourquoi, vous, les gens simples, ne devez pas lire les livres des Pères à la suite comme ils sont placés ici. C'est une disposition conforme à la théologie; mais celui qui n'est pas instruit et désire apprendre la prière intérieure dans la *Philocalie* doit pratiquer l'ordre suivant : 1 — d'abord lire le livre du moine Nicéphore * (dans la deuxième partie); puis 2 — le livre de Grégoire le Sinaïte * en entier, sauf les chapitres brefs; 3 — les trois formes de la prière de Syméon le Nouveau Théologien * et son traité

22. I Thess. 5, 19.

de la Foi; et ensuite 4 — le livre de Calliste et Ignace *. Dans ces textes, on trouve l'enseignement complet de la prière intérieure du cœur, à la portée de chacun [23].

Si tu veux un texte encore plus compréhensible, prends dans la quatrième partie le modèle abrégé de prière de Calliste, patriarche de Constantinople.

Et moi, tenant quasiment la *Philocalie* en main, je cherchais le passage indiqué sans parvenir à le trouver. Le starets tournant quelques pages, me dit : Le voilà, je vais te le marquer ! Et ramassant un charbon par terre, il fit un trait sur le côté de la page face au passage indiqué. J'écoutais attentivement toutes les paroles du starets et essayais de les fixer dans ma mémoire avec fermeté et en détail.

Je me réveillai et, comme il ne faisait pas encore jour, je restai étendu, me rappelant tout ce que j'avais vu en songe et répétant ce que

23. Les auteurs indiqués par le starets sont les suivants: 1) Nicéphore le Moine, *Traité sur la garde du cœur*, Migne, P. G., t. 147, col. 988-1066. — 2) Grégoire le Sinaïte, *Opuscula ascetica*, Migne, P. G., t. 150, col. 1237 et sq. — 3) Syméon le Nouveau Théologien, *Traité sur les trois formes de la prière* (I. Hausherr, *La méthode d'oraison hésychaste*, Orientalia Christiana IX, n° 36, Rome 1927) — Syméon le Nouveau Théologien, *Traité de la foi*, Migne, P. G., t. 120, col. 693-702. — 4) Calliste et Ignace, *Methodus et regula*, Migne, P. G., t. 147, col. 635-812.

m'avait dit le starets. Puis je me mis à réfléchir : Dieu sait si c'est l'âme de mon défunt starets qui m'apparaît ainsi ou mes propres idées qui prennent cette forme, car je pense souvent et longtemps à la *Philocalie* et au starets ! Je me levai dans cette incertitude d'esprit; il commençait à faire clair. Et, soudain, je vois sur la pierre qui me tenait lieu de table la *Philocalie* ouverte à la page indiquée par le starets et marquée d'un trait de charbon, exactement comme dans mon rêve; le charbon lui-même était encore à côté du livre. J'en fus frappé, car je me rappelai que le livre n'était pas là, la veille; je l'avais placé, fermé, près de moi avant de m'endormir et je me rappelai aussi qu'il n'y avait aucune marque à cette page. Cet événement me donna foi dans la vérité de l'apparition et m'assura de la sainteté de la mémoire de mon starets. Ainsi je recommençai à lire la *Philocalie* selon l'ordre indiqué. Je lus une fois, puis encore une autre et cette lecture enflamma mon zèle et mon désir d'éprouver en actions tout ce que j'avais lu. Je découvris clairement le sens de la prière intérieure, les moyens d'y parvenir et ses effets; je compris comment elle réjouit l'âme et le cœur et comment on peut distinguer si ce bonheur vient de Dieu, de la nature, ou de l'illusion.

Je cherchai avant tout à découvrir le lieu du

cœur, selon l'enseignement de saint Syméon le Nouveau Théologien. Ayant fermé les yeux, je dirigeai mon regard vers le cœur, essayant de me le représenter tel qu'il est dans la partie gauche de la poitrine et écoutant soigneusement son battement. Je pratiquai cet exercice d'abord pendant une demi-heure, plusieurs fois par jour; au début, je ne voyais rien que ténèbres; bientôt mon cœur apparut et je sentis son mouvement profond; puis je parvins à introduire dans mon cœur la prière de Jésus et à l'en faire sortir, au rythme de la respiration, selon l'enseignement de saint Grégoire le Sinaïte, et de Calliste et Ignace : pour cela, en regardant par l'esprit dans mon cœur, j'inspirais l'air et le gardais dans ma poitrine en disant : *Seigneur Jésus-Christ*, et je l'expirais en disant : *ayez pitié de moi.* Je m'exerçai d'abord pendant une heure ou deux, puis je m'appliquai de plus en plus fréquemment à cette occupation et, à la fin, j'y passais presque tout le jour. Lorsque je me sentais alourdi, fatigué ou inquiet, je lisais immédiatement dans la *Philocalie* les passages qui traitent de l'activité du cœur, et le désir et le zèle pour la prière renaissaient en moi. Au bout de trois semaines, je ressentis une douleur au cœur, puis une tiédeur agréable et un sentiment de consolation et de paix. Cela me donna plus de force pour m'exercer à la prière, à laquelle s'attachaient toutes mes pensées et je commençai à sentir une grande joie. A partir de ce moment, j'éprouvai de temps à autre diverses sensations nouvelles dans le cœur et dans l'esprit. Parfois il y avait comme un bouillonnement dans mon cœur et une légèreté, une liberté, une joie si grandes, que j'en étais transformé et me sentais en extase. Parfois, je sentais un amour ardent pour Jésus-Christ et pour toute la création divine. Parfois mes larmes [24] coulaient d'elles-mêmes par reconnaissance pour le Seigneur qui avait eu pitié de moi, pécheur endurci. Parfois mon esprit borné s'illuminait tellement que je comprenais clairement ce que jadis je n'aurais pas même pu concevoir. Parfois la douce chaleur de mon cœur se répandait dans tout mon être et je sentais avec émotion la présence innombrable du Seigneur. Parfois je ressentais une joie puissante et profonde, à l'invocation du nom de Jésus-Christ et je comprenais ce que signifie sa parole : *Le Royaume de Dieu est à l'intérieur de vous* [25].

Au milieu de ces consolations bienfaisantes,

24. Sur le don des larmes, cf. I. Hausherr : *Penthos, la doctrine de la componction dans l'Orient chrétien*, Rome, 1944, et Mme Lot-Borodine, " Le mystère du don des larmes dans l'Orient chrétien ", *La Vie spirituelle*, septembre 1936.

25. Luc 17, 21.

je remarquai que les effets de la prière du cœur apparaissent sous trois formes : dans l'esprit, dans les sens et dans l'intelligence. Dans l'esprit, par exemple, la douceur de l'amour de Dieu, le calme intérieur, le ravissement de l'esprit, la pureté des pensées, la splendeur de l'idée de Dieu ; dans les sens, l'agréable chaleur du cœur, la plénitude de douceur dans les membres, le bouillonnement de la joie dans le cœur, la légèreté, la vigueur de la vie, l'insensibilité aux maladies ou aux peines; dans l'intelligence, l'illumination de la raison, la compréhension de l'Écriture sainte, la connaissance du langage de la création, le détachement des vains soucis, la conscience de la douceur de la vie intérieure, la certitude de la proximité de Dieu et de son amour pour nous [26].

Après cinq mois solitaires dans ces travaux et dans ce bonheur, je m'habituai si bien à la prière du cœur que je la pratiquais sans cesse

26. Il y a là une analogie avec la division tripartite de la vie spirituelle, telle qu'elle est définie par Maxime le Confesseur et avant lui par Évagre : " La raison ne s'occupe que de Dieu seul... l'intelligence est l'interprète des choses, chante leurs louanges et réfléchit aux voies qui en les unissant mènent à elles, la sensibilité ennoblie par l'intelligence reflète enfin les forces et les activités dispersées dans le tout et révèle à l'âme autant qu'il est possible le sens caché des choses. " (Max. Conf., *Ambigua P. G.*, t. 91, col. 1112 — 1116 D, cité par H. U. von Balthasar. *Liturgie cosmique*, Paris, 1947, p. 221.)

et qu'à la fin je sentis qu'elle se faisait d'elle-même sans aucune activité de ma part; elle jaillissait dans mon esprit et dans mon cœur non seulement en état de veille, mais même pendant le sommeil, et ne s'interrompait plus une seconde. Mon âme remerciait le Seigneur et mon cœur exultait d'une joie incessante.

Le temps de la coupe arriva, les bûcherons se rassemblèrent et je dus quitter ma demeure silencieuse. Ayant remercié le garde forestier et récité une prière, je baisai ce coin de terre où le Seigneur avait bien voulu me manifester sa bonté, je mis mon sac sur mes épaules et je partis. Je marchai très longtemps et je parcourus bien des pays avant d'entrer dans Irkoutsk. La prière spontanée du cœur a été ma consolation tout le long de la route, elle n'a jamais cessé de me réjouir, bien qu'à des degrés divers; nulle part et à aucun moment elle ne m'a gêné, rien n'a jamais pu l'amoindrir. Si je travaille, la prière agit d'elle-même dans mon cœur et mon travail va plus vite; si j'écoute ou lis quelque chose avec attention, la prière ne cesse pas, et je sens au même moment l'un et l'autre comme si j'étais dédoublé ou que dans mon corps se trouvaient deux âmes. Mon Dieu ! Combien l'homme est mystérieux !...

Le saut du loup.

Que tes œuvres sont grandes, Seigneur : tu as tout fait avec sagesse [27]. J'ai rencontré sur ma route bien des cas extraordinaires. S'il fallait tous les raconter, je n'en finirais pas avant plusieurs jours. Tenez, par exemple : un soir d'hiver, je passais seul par une forêt, je voulais coucher à deux verstes de là, dans un village qu'on apercevait déjà. Soudain un grand loup sauta sur moi. Je tenais à la main le rosaire de laine [28] de mon starets (je l'avais toujours avec moi). Je repoussai le loup avec ce rosaire. Et croyez-vous ? Le rosaire me sortit des mains et s'entortilla autour du cou de la bête. Le loup se rejeta en arrière et, sautant à travers les ronces, se prit les pattes de derrière dans les épines, tandis que le rosaire s'accrochait à la branche d'un arbre mort; le loup se débattait de toutes ses forces, mais n'arrivait pas à se dégager car le rosaire lui serrait la gorge. Je me signai avec foi et m'avançai pour dégager le loup; c'était surtout

27. Ps. 104, 24.
28. Le chapelet que les religieux russes tiennent constamment enroulé autour de la main est constitué par un long cordon de soie ou de laine sur lequel des nœuds tiennent la place des grains ou des boules des chapelets occidentaux.

parce que je craignais qu'il n'arrachât le rosaire et ne s'enfuît en emportant cet objet si précieux. A peine m'étais-je approché et avais-je mis la main sur le rosaire que le loup le rompit et se sauva sans plus de manières. Ainsi, remerciant le Seigneur et faisant mémoire de mon bienheureux starets, j'arrivai sans encombre au village; j'allai à l'auberge et demandai à coucher. J'entrai dans la maison. Deux voyageurs étaient assis à une table dans le coin, l'un déjà âgé, l'autre d'âge mûr et corpulent, tous deux apparemment gens de bonne condition. Ils buvaient du thé. Je demandai qui ils étaient au paysan qui gardait leurs chevaux. Il m'expliqua que le vieillard était instituteur et l'autre greffier du juge de paix : tous deux d'origine noble. — Je les emmène à la foire à vingt verstes d'ici.

Après m'être un peu reposé, je demandai à la patronne du fil et une aiguille. Je m'approchai de la bougie et commençai à recoudre mon rosaire. Le greffier me lança un coup d'œil et dit :

— Tu en as fait des courbettes pour arriver à déchirer ton rosaire !

— Ce n'est pas moi qui l'ai abîmé, mais un loup...

— Tiens, les loups aussi font leur prière, répondit en riant le greffier.

Je leur racontai l'affaire en détail et expliquai

combien ce rosaire était précieux pour moi. Le greffier se remit à rire et dit :

— Pour vous, crédules, il y a toujours des miracles ! Qu'est-ce qu'il y a de mystérieux là-dedans ? Tu lui as simplement lancé quelque chose, il a eu peur et s'est sauvé; les chiens et les loups ont toujours peur de ça, et s'accrocher les pattes dans la forêt, ce n'est pas difficile; il ne faut tout de même pas croire que tout ce qui arrive dans le monde c'est par miracle.

L'instituteur commença alors à discuter avec lui :

— Ne parlez pas ainsi, Monsieur ! Vous n'êtes pas versé dans ces questions... Pour moi, je vois dans l'histoire de ce paysan un double mystère, sensible et spirituel...

— Comment cela ? demanda le greffier.

— Voici : sans avoir une instruction très poussée, vous avez sûrement étudié l'histoire sainte par questions et réponses, éditée pour les écoles. Vous vous rappelez que lorsque le premier homme, Adam, était dans l'état d'innocence, tous les animaux lui étaient soumis; ils s'approchaient de lui avec crainte et il leur donnait des noms. Le starets, à qui a appartenu ce chapelet, était saint; et qu'est-ce que la sainteté ? rien d'autre que la résurrection dans l'homme pécheur de l'état d'innocence du premier homme, grâce aux efforts et aux vertus. L'âme sanctifie le corps. Le rosaire était toujours dans les mains d'un saint; donc, par le contact constant avec ses mains et avec son effluve, cet objet a été pénétré d'une force sainte, la force de l'état d'innocence du premier homme. Voilà le mystère de la nature spirituelle !... Cette force est ressentie naturellement par tous les animaux et surtout par l'odorat : car le nez est l'organe essentiel des sens chez l'animal. Voilà le mystère de la nature sensible...

— Pour vous autres savants, il n'y a que des forces et des histoires de ce genre; mais nous, nous voyons les choses plus simplement : se verser un petit verre et l'avaler, voilà qui donne des forces, dit le greffier, et il se dirigea vers l'armoire.

— C'est votre affaire, répondit l'instituteur, mais, dans ce cas, laissez-nous les connaissances un peu savantes.

Les paroles de l'instituteur m'avaient plu; je m'approchai de lui et lui dis : " Permettez-moi de vous raconter encore quelque chose au sujet de mon starets. " Je lui expliquai comment il m'était apparu en songe, et après m'avoir enseigné, avait fait une marque sur la *Philocalie*. L'instituteur écouta ce récit avec attention. Mais le greffier étendu sur un banc ronchonnait :

— C'est vrai qu'on devient fou à avoir toujours le nez fourré dans la Bible. Il n'y a qu'à voir celui-là ! Quel est le loup-garou qui ira noircir tes livres la nuit ? Tu as laissé tomber ton bouquin par terre en dormant et il a traîné dans la cendre... Et c'est ça ton miracle ! Oh ! tous ces vauriens : on les connaît, mon vieux, ceux de ta confrérie !

Après avoir ainsi grommelé, le greffier se tourna vers le mur et s'endormit.

A ces mots, je me penchai vers l'instituteur et dis :

— Si vous voulez, je vous montrerai le livre qui porte cette marque et non une trace de cendre.

Je sortis la *Philocalie* de mon sac et la lui montrai en disant :

— Je m'étonne qu'il soit possible à une âme incorporelle de prendre un charbon et d'écrire...

L'instituteur regarda le signe sur le livre et dit :

— Ceci est le mystère des esprits. Je vais te l'expliquer. Lorsque les esprits apparaissent à un homme sous une forme corporelle, ils composent leur corps visible de lumière et d'air, en utilisant pour cela les éléments desquels avait été tiré leur corps mortel. Et comme l'air est doué d'élasticité, l'âme qui en est revêtue peut agir, écrire ou saisir des objets. Mais quel livre as-tu donc là ? Laisse-moi voir.

Il l'ouvrit et tomba sur le discours et le traité de Syméon le Nouveau Théologien.

— Ah ! c'est sans doute un livre théologique. Je ne le connais pas...

— Ce livre, mon père, contient presque uniquement l'enseignement de la prière intérieure du cœur au nom de Jésus-Christ; il est exposé ici en détail par vingt-cinq Pères.

— Ah ! la prière intérieure ! Je sais ce que c'est, dit l'instituteur...

Je m'inclinai très bas devant lui et le priai de me dire quelque parole sur la prière intérieure.

— Eh bien, il est dit dans le Nouveau Testament que l'homme et toute le création *sont soumis malgré eux à la vanité et que tout soupire et tend vers la liberté des enfants de Dieu*[29]. Ce mystérieux mouvement de la création, ce désir inné dans les âmes, c'est la prière intérieure. On ne peut l'apprendre, car elle est dans tous et en tout !...

— Mais comment l'acquérir, la découvrir et la ressentir dans le cœur ? Comment en prendre conscience et l'accueillir volontairement, parvenir à ce qu'elle agisse activement,

29. Rom. 8, 19-20.

réjouissant, illuminant et sauvant l'âme ? demandai-je.

— Je ne sais si les traités théologiques en parlent, répondit l'instituteur.

— Mais ici, ici, tout cela est écrit, m'écriai-je...

L'instituteur prit un crayon, nota le titre de la *Philocalie* et dit :

— Je commanderai sûrement ce livre à Tobolsk et je le regarderai.

Nous nous séparâmes ainsi.

En m'en allant, je remerciai Dieu pour ma conversation avec l'instituteur et je priai le Seigneur pour qu'il permît au greffier de lire une fois la *Philocalie* et d'en comprendre le sens pour le bien de son âme.

La jeune fille du village.

Une autre fois, au printemps, j'arrivai dans un bourg et m'arrêtai chez le prêtre. C'était un homme excellent et qui vivait seul. Je passai trois jours chez lui. Après m'avoir examiné pendant ce temps, il me dit :

— Reste donc chez moi, je te donnerai un salaire; j'ai besoin d'un homme sûr. Tu as remarqué qu'on construit une nouvelle église en pierre près de l'ancienne qui est en bois. Je ne peux trouver quelqu'un de consciencieux pour surveiller les ouvriers et pour se tenir dans la chapelle afin de recueillir les dons pour la construction ; je vois que tu en serais capable et que cette existence te conviendrait fort bien ; tu serais seul dans la chapelle à prier Dieu, il y a là un réduit isolé dans lequel on peut se tenir. Reste, je t'en prie, au moins jusqu'à ce que l'église soit terminée.

Je me défendis longtemps, mais enfin je dus céder à la prière instante du prêtre. Je restai donc pour l'été jusqu'à l'automne, et je m'installai dans la chapelle. Au début, j'eus assez de tranquillité et je pus m'exercer à la prière, mais, les jours de fête surtout, il venait beaucoup de monde, les uns pour prier, d'autres pour bailler, d'autres encore pour chiper quelque chose dans l'assiette aux sous. Et comme je lisais parfois la Bible ou la *Philocalie*, certains des visiteurs engageaient conversation avec moi, d'autres me demandaient de leur faire un peu la lecture.

Au bout de quelque temps, je remarquai qu'une jeune fille du pays venait souvent à la chapelle et y restait longtemps à prier. En prêtant l'oreille à ce qu'elle marmottait, je découvris qu'elle disait d'étranges prières, certaines étaient toutes défigurées. Je lui demandai : “ Qui t'a appris cela ? ” Elle me dit que c'était sa mère qui était orthodoxe, tandis que son père était un schismatique[30] de la secte des sans-prêtres. Cette situation me parut triste et je lui conseillai de réciter les prières correctement, d'après la tradition de la sainte Église : Je lui appris le *Notre Père* et le *Je vous salue, Marie*. A la fin, je lui dis : " Récite surtout la prière de Jésus; elle nous rapproche de Dieu plus que toutes les autres prières et tu en obtiendras le salut de ton âme. " La jeune fille m'écouta avec attention et agit simplement d'après mes conseils. Et croyez-vous ? Quelque temps après, elle m'annonça qu'elle s'était habituée à la prière de Jésus et qu'elle sentait le désir de la répéter sans cesse, si possible; lorsqu'elle priait, elle sentait de l'agrément et finalement de la joie, ainsi que le désir de prier encore. Je me réjouis de cela et lui conseillai de continuer à prier toujours plus, en invoquant le nom de Jésus-Christ.

La fin de l'été approchait; beaucoup de visiteurs de la chapelle venaient me trouver, non plus seulement pour demander un conseil ou une lecture, mais pour raconter leurs chagrins domestiques et même pour savoir comment retrouver les objets perdus; visiblement, certains d'entre eux me prenaient pour un sorcier. Un jour enfin, cette jeune fille accourut

30. Autrement dit un *raskolnik**, un " vieux-croyant ".

toute malheureuse, pour demander ce qu'elle devait faire. Son père voulait la marier malgré elle à un schismatique comme lui et l'officiant serait un paysan.

— Est-ce là le mariage légal ? s'écriait-elle ; ce n'est rien d'autre que la débauche ! Je veux m'enfuir en suivant le regard de mes yeux.

Je lui dis :

— Et où t'enfuiras-tu ? On te retrouvera toujours. Par le temps qui court, tu ne pourras te cacher nulle part sans papiers, on arrivera facilement jusqu'à toi ; il vaut mieux prier Dieu avec zèle pour qu'il brise par ses voies la résolution de ton père et garde ton âme du péché et de l'hérésie. Cela sera meilleur que ton idée de fuite.

Le temps s'écoulait, le bruit et les distractions me devenaient toujours plus pénibles. Enfin l'été s'acheva ; je décidai d'abandonner la chapelle et de reprendre ma route comme auparavant. J'allai chez le prêtre et lui dis :

— Mon père, vous connaissez mes dispositions. J'ai besoin de calme pour m'occuper à la prière, et ici je ne trouve que trouble et distractions. J'ai accompli ce que vous m'aviez demandé, je suis resté tout l'été : maintenant, laissez-moi aller et bénissez ma route solitaire.

Le prêtre ne voulait pas me lâcher et me pressa par un discours :

— Qu'est-ce qui peut t'empêcher de prier ici ? Tu n'as rien à faire qu'à demeurer dans la chapelle, et tu trouves ton pain tout prêt. Prie là-bas nuit et jour si tu veux ; vis avec Dieu ! Tu es capable et utile ici, tu ne dis pas de bêtises avec les visiteurs, tu es fidèle et honnête et tu assures des revenus à l'église de Dieu. C'est meilleur aux yeux du Seigneur que ta prière solitaire. Pourquoi rester toujours seul ? Avec les gens on prie bien plus gaîment. Dieu n'a pas créé l'homme pour qu'il ne connaisse que soi-même, mais pour que chacun aide son prochain, se conduisant l'un l'autre vers le salut, chacun selon ce qu'il peut. Regarde les saints et les docteurs œcuméniques, ils étaient jour et nuit en mouvement et en souci pour l'Église, ils prêchaient partout et ne restaient pas dans la solitude à se cacher de leurs frères.

— Chacun reçoit de Dieu le don qui convient, mon père ; beaucoup ont prêché aux foules, et beaucoup ont vécu dans la solitude. Chacun agissait selon son inclination et croyait que c'était la voie du salut, indiquée par Dieu lui-même. Mais comment expliquerez-vous que tant de saints aient délaissé toutes les dignités et les honneurs de l'Eglise et se soient enfuis au désert, pour ne pas être tentés dans le monde ? Saint Isaac le Syrien* a abandonné ainsi ses fidèles et le bienheureux Athanase l'Athonite* a quitté son monastère; ils considéraient ces lieux comme trop séduisants et croyaient véritablement à la parole de Jésus-Christ : *Que sert à l'homme de gagner le monde, s'il vient à perdre son âme* [31] ?

— Mais c'est qu'ils étaient de grands saints, repartit le prêtre.

— Si des saints se gardaient avec tant de soin du contact des hommes, répondis-je, que ne doit pas faire un malheureux pécheur !

Enfin, je dis adieu à ce bon prêtre et nous nous séparâmes affectueusement.

Au bout de dix verstes, je m'arrêtai pour la nuit dans un village. Il y avait là un paysan malade à mort. Je conseillai à sa famille de le faire communier aux Saints Mystères du Christ et, le matin, ils envoyèrent chercher le prêtre au bourg. Je restai pour m'incliner devant les Saints Dons et prier pendant ce grand sacrement. J'étais assis sur un banc devant la maison pour guetter le prêtre. Soudain, je vois accourir vers moi cette jeune fille que j'avais vue prier dans la chapelle.

— Comment es-tu venue jusqu'ici ? lui dis-je.

— Tout était prêt chez nous pour me marier avec le schismatique, et je me suis enfuie.

31. Matth. 16, 26.

Puis, se jetant à mes pieds, elle s'écria :

— Oh ! par pitié, prends-moi avec toi et emmène-moi dans un couvent; je ne veux pas me marier, je vivrai au couvent en récitant la prière de Jésus. On t'écoutera là-bas et on me prendra.

— Eh ! dis-je, où veux-tu que je t'emmène ? Je ne connais pas un seul couvent par ici et comment te prendre avec moi sans passeport ? Nulle part tu ne pourras t'arrêter. Tout de suite on te découvrira; tu seras ramenée chez toi et punie pour vagabondage. Rentre plutôt à la maison et prie Dieu; et si tu ne veux pas te marier, feins quelque incapacité. Cela s'appelle une feinte pieuse; c'est ainsi qu'ont agi la sainte mère de Clément, la bienheureuse Marina* qui fit son salut dans un monastère d'hommes, et bien d'autres.

Pendant que nous étions ainsi à parler, nous vîmes quatre paysans dans une carriole, et ils galopaient droit sur nous. Ils s'emparèrent de la fille, la mirent dans la charrette et l'expédièrent avec l'un d'eux; les trois autres me lièrent les mains et me ramenèrent au bourg où j'avais passé l'été. A toutes mes explications, ils répondaient en criant : “ Ça va, petit saint, on t'apprendra à séduire les filles ! ” Vers le soir, ils me menèrent à la maison d'arrêt, on me mit les fers aux pieds et on m'enferma pour être jugé le lendemain matin. Le prêtre, ayant appris que j'étais en prison, vint me rendre visite; il m'apporta à souper, me consola et me dit qu'il prendrait ma défense et déclarerait en tant que confesseur que je n'avais pas les tendances qu'on croyait. Il resta un peu avec moi et s'en alla.

A l'approche de la nuit, le prévôt du canton vint à passer par là; on lui raconta l'affaire. Il ordonna de convoquer l'assemblée communale et de m'amener à la maison de justice. Une fois entrés, nous restâmes debout à attendre. Soudain arriva le prévôt, déjà fort animé; il s'assit à la table en gardant sa casquette et cria :

— Eh ! Epiphane, cette jeune personne, ta fille, n'a rien emporté de la maison ?

— Rien, Monsieur !

— Elle n'a fait aucune bêtise avec cet idiot ?

— Non, Monsieur !

— Alors, l'affaire est jugée et nous décidons : avec ta fille, arrange-toi comme tu l'entends; et ce gaillard, nous le prierons de filer demain après l'avoir solidement corrigé pour qu'il ne remette plus les pieds ici. Et voilà !

Sur ces paroles, le prévôt se leva et s'en alla dormir ; moi, on me ramena à la prison. Le lendemain de bonne heure, il vint deux paysans [32] qui me fouettèrent et je fus libéré; je m'en allai, remerciant le Seigneur, qui m'avait permis de souffrir en son nom. Cela me consolait et m'incitait encore plus à la prière.

Tous ces événements ne me chagrinèrent pas du tout; c'était comme s'ils concernaient quelqu'un d'autre et que j'en fusse le spectateur; même pendant qu'on me fouettait, j'arrivai à le supporter; la prière, réjouissant mon cœur, ne me permettait pas de faire attention à autre chose.

Au bout de quatre verstes, je rencontrai la mère de la jeune fille, qui revenait du marché. Elle s'arrêta et me dit :

— Notre fiancé nous a lâchés. Il s'est fâché contre Akoulka [33], vois-tu, parce qu'elle s'était enfuie.

Puis elle me donna du pain et un gâteau, et je repris ma route.

32. Littéralement : le centenier et le dizenier. Élu par l'assemblée communale, le centenier était l'agent actif de la police rurale, sous le contrôle direct du commissaire de police. Ces fonctions, qui remontent au moyen âge, n'ont reçu une définition précise qu'en 1837, date de la fondation de la police rurale. Les centeniers avaient sous leurs ordres les dizeniers, élus également par l'assemblée communale.

33. Diminutif de Akoulina, forme populaire d'Acyline, sainte dont la fête tombe les 7 avril et 13 juin dans l'Église grecque.

Le temps était sec et je n'avais pas envie de coucher dans un village; j'aperçus deux meules de foin dans la forêt et je m'installai pour y passer la nuit. Je m'endormis et me mis à rêver que j'allais sur la route en lisant les chapitres de saint Antoine le Grand [34] dans la *Philocalie*. Soudain, le starets me rejoint et me dit : "Ce n'est pas là qu'il faut lire", et il m'indique le trente-cinquième chapitre de Jean de Karpathos * dans lequel il est écrit : " Parfois le disciple est livré au déshonneur et supporte des épreuves pour ceux qu'il a aidés spirituellement. " Et il me montra encore le chapitre 41 où il est dit : "Tous ceux qui se livrent plus ardemment à la prière sont la proie de tentations terribles et épuisantes. "

Puis il me dit :

— Prends courage et ne sois pas abattu !

34. Il s'agit des Instructions de saint Antoine en 170 chapitres, qui ouvrent les *Philocalies* grecque et slavonne. On peut les lire dans Migne, *P. G.*, t. 40. Elles sont certainement apocryphes, de même que tous les autres écrits attribués à l'initiateur de la vie anachorétique (sauf la lettre à l'abbé Théodore, *P. G.*, t. 40, 1065-1066) et sont un écrit essentiellement stoïcien légèrement interpolé par une main chrétienne, et d'ailleurs de nuance très religieuse. (Cf. Hausherr, *Orientalia Christiana*, t. XXX, 3 juin 1933.) Cf. : *Antoine le Grand, père des moines*. Sa vie, par saint Athanase. Traduit et présenté par le Père Benoît Lavaud, Fribourg, 1943 ; et L. Bouyer, *Vie de S. Antoine le Grand* — Paris 1950.

Rappelle-toi les paroles de l'Apôtre : *Celui qui est en vous est plus grand que celui qui est dans le monde* [35]. Tu as maintenant connu par expérience qu'il n'y a pas de tentation qui soit au-dessus des forces de l'homme. *Car avec la tentation, Dieu prépare aussi l'heureuse issue* [36]. C'est par l'espoir en l'aide du Seigneur qu'ont été soutenus les saints qui n'ont pas seulement passé leur vie à prier, mais ont cherché, par amour, à enseigner et à éclairer les autres. Voici ce que dit à ce sujet saint Grégoire de Thessalonique [37] : " Il ne nous suffit pas de prier sans cesse au nom de Jésus-Christ selon le commandement divin, mais il nous faut exposer cet enseignement à tous, moines laïcs, intelligents ou simples, hommes, femmes ou enfants, afin d'éveiller en eux le zèle pour la prière intérieure. " Le bienheureux Calliste Telicoudas * s'exprime de la même façon : " L'activité spirituelle (c'est-à-dire la prière intérieure), dit-il, la connaissance contemplative et les moyens pour élever l'âme ne doivent pas être gardés pour soi seul, mais il faut les communiquer par l'écriture ou par le discours pour le bien et l'amour de tous. Et la parole de Dieu déclare que *le frère aidé par son frère*

35. I Jean 4, 4.
36. I Cor. 10, 13.
37. Autrement dit Grégoire Palamas*.

est comme une ville haute et forte[38]. Il faut seulement fuir de tout son pouvoir la vanité et veiller à ce que le bon grain de l'enseignement divin ne soit pas emporté par le vent. »

Au réveil, je sentis dans mon cœur une grande joie et dans mon âme une force nouvelle. Et je poursuivis ma route.

Guérisons merveilleuses.

Longtemps après, j'eus encore une aventure. Si vous voulez, je la raconterai.

Un jour, le 24 mars, je sentis un besoin insurmontable de communier aux saints mystères du Christ le jour consacré à la Mère de Dieu en souvenir de son Annonciation divine. Je demandai s'il y avait une église par là : on me dit qu'il y en avait une à trente verstes.

Je marchai le reste du jour et toute la nuit pour arriver à l'heure de matines. Le temps était des plus vilains, tantôt de la neige, tantôt de la pluie et de plus un fort vent et le froid. La route traversait un ruisseau et je n'avais pas fait quelques pas que la glace se brisa sous mes pieds, je tombai dans l'eau jusqu'à la ceinture. J'arrivai tout trempé aux matines,

38. Prov. 18, 19.

que j'écoutai, ainsi que la messe, pendant laquelle Dieu me permit de communier.

Pour passer ce jour dans la paix, sans rien qui troublât la joie spirituelle, je demandai au gardien de me laisser jusqu'au lendemain dans la logette de garde. Je passai toute cette journée dans une joie indicible et dans la paix du cœur; j'étais étendu sur un banc dans cette cabane non chauffée comme si je reposais sur le sein d'Abraham : la prière agissait avec force. L'amour pour Jésus-Christ et pour la Mère de Dieu traversait mon cœur en vagues bienfaisantes, et il plongeait mon âme dans une extase consolante. Comme la nuit tombait, je sentis soudain une violente douleur dans les jambes et je me rappelai qu'elles étaient mouillées. Mais, repoussant cette distraction, je me replongeai dans la prière et je ne sentis plus le mal. Lorsque au matin, je voulus me lever, je ne pouvais plus remuer les jambes. Elles étaient sans force et aussi molles qu'une mèche de fouet; le garde me tira en bas du banc et je restai ainsi deux jours sans bouger. Le troisième jour, le garde me chassa de la baraque en disant : — “ Si tu meurs ici, il faudra encore courir et s'occuper de toi. ” J'arrivai à me traîner sur les mains jusqu'au perron de l'église où je restai couché. Je demeurai là environ deux jours. Les gens qui passaient ne faisaient pas la moindre attention ni à moi ni à mes demandes.

Enfin, un paysan s'approcha de moi et commença la causette. Au bout de quelque temps, il dit :

— Que me donneras-tu ? Je vais te guérir. J'ai eu exactement la même chose et je connais un remède.

— Je n'ai rien à te donner, lui répondis-je.

— Et qu'est-ce qu'il y a dans ton sac ?

— Rien que du pain sec et des livres.

— Eh bien, tu travailleras chez moi pendant un été si je te guéris.

— Je ne peux pas non plus travailler. Tu vois que je n'ai qu'un bras de valide.

— Alors que sais-tu donc faire ?

— Rien, sinon lire et écrire.

— Ah ! écrire ! Eh bien, tu apprendras à écrire à mon garçon, il sait un peu lire et je voudrais qu'il écrive. Mais les maîtres demandent cher, vingt roubles pour savoir toute l'écriture.

Je m'arrangeai donc avec lui et, avec l'aide du gardien, ils me transportèrent chez le paysan où l'on me mit dans un vieux bain [39] au fond de l'enclos.

39. Le bain est une maisonnette spécialement aménagée pour les bains de vapeur en usage dans toute la Russie. Pour éviter les risques d'incendie, il se trouve au coin de l'enclos le plus éloigné des autres bâtiments.

Il commença alors à me soigner : il ramassa dans les champs, dans les cours et dans les trous à ordures une pleine mesure de vieux os de bêtes, d'oiseaux et de toutes sortes; il les lava, les brisa en petits morceaux avec une pierre et les mit dans une grande marmite; il la coiffa d'un couvercle avec un trou et retourna le tout au-dessus d'un vase qu'il avait enfoncé en terre. Il enduisit soigneusement le fond de la marmite d'une couche épaisse de terre glaise et la couvrit de bûches qu'il laissa brûler pendant plus de vingt-quatre heures. En installant les bûches, il disait : " Toút ça va faire un goudron d'os. " Le lendemain, il déterra le pot, dans lequel avait coulé par l'orifice du couvercle environ un litre d'un liquide épais, rougeâtre, huileux et sentant comme la viande fraîche; les os restés dans la marmite, de noirs et pourris qu'ils étaient, avaient maintenant une couleur aussi blanche et transparente que la nacre ou les perles. Cinq fois par jour je me frictionnai les jambes avec ce liquide. Et croyez-vous ? Le lendemain, je sentis que je pouvais remuer les doigts; le troisième jour, je pouvais plier les jambes, et le cinquième, je me tenais debout et marchais dans la cour appuyé sur un bâton. En une semaine, mes jambes étaient redevenues normales. J'en remerciai Dieu et me disais en moi-même : la sagesse de Dieu apparaît dans ses créatures ! Des os desséchés, ou pourris, déjà presque revenus à la terre, gardent en eux la force vitale, une couleur et une odeur; ils exercent une action sur les corps vivants, auxquels ils peuvent rendre la vie ! C'est un gage de la Résurrection future. Si j'avais pu faire connaître cela au garde forestier chez qui j'ai vécu, et qui doutait de la Résurrection des corps !

Ainsi guéri, je commençai à m'occuper du petit garçon. J'écrivis comme modèle la prière de Jésus et je la lui fis recopier en lui montrant comment former joliment les lettres. C'était très reposant pour moi, car il servait pendant la journée chez l'intendant et ne venait me trouver que lorsque celui-ci dormait, c'est-à-dire de bonne heure le matin. L'enfant était éveillé et bientôt il écrivit à peu près correctement.

L'intendant, le voyant écrire, lui demanda :

— Qui donc te donne des leçons ?

L'enfant dit que c'était le pèlerin manchot qui vivait chez eux dans le vieux bain. L'intendant, curieux — c'était un Polonais — vint me voir et me trouva en train de lire la *Philocalie*. Il parla un peu avec moi et dit :

— Que lis-tu là ?

Je lui montrai le livre.

— Ah ! C'est la *Philocalie*, dit-il. J'ai vu ce livre chez notre curé quand j'habitais Vilna. Mais j'ai entendu dire qu'il contient d'étranges recettes et des procédés de prière, inventés par des moines grecs à l'exemple des fanatiques de l'Inde et de Boukhara, qui gonflent leurs poumons et croient bêtement, quand ils réussissent à sentir un petit chatouillement dans le cœur, que cette sensation naturelle est une prière donnée par Dieu. Il faut prier simplement, pour accomplir son devoir envers Dieu; en se levant, il faut réciter le Notre Père comme l'enseigne le Christ; et l'on est quitte pour toute la journée. Mais à répéter tout le temps la même chose, on risque de devenir fou et de s'abîmer le cœur.

— Ne parlez pas ainsi de ce saint livre, mon bon monsieur. Ce ne sont pas de simples moines grecs qui l'ont écrit, mais d'antiques et saints personnages que votre Église aussi vénère, comme Antoine le Grand, Macaire le Grand *, Marc l'Ascète *, Jean Chrysostome et d'autres. Les moines de l'Inde et de Boukhara leur ont emprunté la technique de la prière du cœur, mais ils l'ont défigurée et gâtée, comme me l'a raconté mon starets. Dans la *Philocalie*, tous les enseignements sur la prière intérieure sont tirés de la Parole divine, de la sainte Bible, dans laquelle Jésus-Christ, tout en ordonnant de dire le Notre Père, a aussi affirmé qu'il fallait prier sans cesse, en disant : *Aime le Seigneur ton Dieu de tout ton cœur et de tout ton esprit* [40] ; *observez, veillez et priez* [41]; *vous serez en moi, et moi en vous* [42]. Et les saints Pères, citant le témoignage du Roi David dans les psaumes : *Goûtez et voyez, combien bon est le Seigneur* [43], l'interprètent en disant que le chrétien doit tout faire pour connaître la douceur de la prière, il doit sans cesse y chercher consolation et non se contenter de réciter une fois le Notre Père. Tenez, je vais vous lire ce que les Pères disent de ceux qui n'essayent pas d'étudier la bienfaisante prière du cœur. Ils déclarent qu'ils commettent un triple péché, car 1 — ils se mettent en contradiction avec les Saintes Écritures; 2 — ils n'admettent pas qu'il y ait pour l'âme un état supérieur et parfait : en se contentant des vertus extérieures, ils ignorent la faim et la soif de la justice et ils se privent de la béatitude en Dieu; 3 — en considérant leurs vertus extérieures, ils tombent souvent dans le contentement de soi et dans la vanité.

— Tu lis là quelque chose d'élevé, dit l'intendant; mais comment, nous autres laïcs, pourrions-nous suivre une telle voie ?

40. Matth. 22, 37. — 41. Marc 13, 33. — 42. Jean 15, 4. — 43. Ps. 34, 9.

— Tenez, je vais vous lire comment des hommes de bien ont pu, bien que laïcs, apprendre la prière constante. Je pris dans la *Philocalie* le traité de Syméon le Nouveau Théologien sur le jeune Georges [44] et je me mis à lire.

Cela plut à l'intendant et il me dit :

— Donne-moi ce livre et je le lirai à mes moments libres.

— Si vous voulez, je vous le donnerai pour un jour, mais pas plus, car je le lis sans cesse et je ne puis m'en passer.

— Mais tu pourras au moins me copier ce passage; je te donnerai de l'argent.

— Je n'ai pas besoin de votre argent, mais je le copierai avec joie, espérant que Dieu vous donnera du zèle pour la prière.

Je copiai immédiatement le passage que j'avais lu. Il le lut à sa femme et tous deux le trouvaient beau. A partir de ce jour, ils m'envoyèrent chercher de temps à autre. Je venais avec la *Philocalie*; je lisais, et ils écoutaient en prenant le thé. Un jour, ils me gardèrent à dîner. La femme de l'intendant, une aimable vieille dame, était avec nous et mangeait du poisson grillé. Soudain, elle avala

44. Catéchèse de saint Syméon reproduite dans Migne, *P. G.*, t. 120, col. 693-702, connue sous le nom de *Traité de la Foi* — (cf. Index p. 182).

une arête; malgré tous nos efforts, nous ne pûmes la libérer, elle avait très mal dans la gorge et deux heures après elle dut aller se coucher. On envoya chercher le médecin à trente verstes de là, et je rentrai à la maison tout attristé.

Pendant la nuit, comme je dormais légèrement, j'entendis soudain la voix de mon starets, sans voir personne; la voix me disait : " Ton patron t'a guéri, et tu ne peux rien faire pour l'intendante ? Dieu nous a ordonné de compatir aux malheurs du prochain. — Je l'aiderais avec joie, mais comment ? Je ne connais aucun remède. — Voici ce qu'il faut faire : elle a toujours eu un violent dégoût pour l'huile de ricin; rien qu'à l'odeur, elle en a la nausée; aussi donne-lui une cuillerée d'huile de ricin, elle vomira, l'arête sortira, l'huile adoucira la blessure de sa gorge et elle guérira. — Et comment la ferai-je boire puisqu'elle en a horreur ? — Demande à l'intendant de lui tenir la tête et verse-lui de force le liquide dans la bouche. "

Je sortis de mon sommeil et courus chez l'intendant, à qui je racontai tout en détail. Il me dit :

— A quoi servira ton huile ? Elle a déjà la fièvre, elle délire et son cou est tout enflé. Au fait, on peut toujours essayer; si l'huile ne fait pas de bien, elle ne fera en tout cas pas de mal.

Il versa de l'huile de ricin dans un petit verre et nous arrivâmes à la lui faire avaler. Immédiatement, elle eut un fort vomissement et elle cracha l'arête [45] avec un peu de sang; elle se sentit mieux et s'endormit profondément.

Le lendemain matin, je vins aux nouvelles et la trouvai avec son mari en train de boire le thé; ils s'étonnaient de sa guérison et surtout de ce qui m'avait été dit en songe sur son dégoût pour l'huile de ricin, car ils n'en avaient jamais parlé à personne. Là-dessus arriva le médecin : l'intendante lui raconta comment elle avait été guérie et moi comment le paysan m'avait soigné les jambes. Le médecin déclara :

— Ces deux cas ne sont pas surprenants : c'est une force de la nature qui a agi les deux fois, mais je vais les noter pour mémoire; il sortit un crayon de sa poche et inscrivit quelques mots sur un carnet.

Le bruit se répandit bientôt que j'étais un

45. Cf. un épisode analogue dans *La vie de l'archiprêtre Avvakum* (traduit par P. Pascal, 2e éd., Paris, 1960, p. 205-210). L'archiprêtre s'étranglait avec un morceau de poisson mais sa fille Agrippine " prit son élan et de ses petits coudes me heurta le dos : un caillot de sang jaillit de la gorge et je pus respirer ".

devin, un guérisseur et un magicien; on venait me voir de partout pour me consulter, on m'apportait des cadeaux et on commençait à me vénérer comme un saint. Au bout d'une semaine, je réfléchis à tout cela et j'eus peur de tomber dans la vanité et la dissipation. La nuit suivante, je quittai le village en secret.

Arrivée à Irkoutsk.

Ainsi, j'avançais de nouveau sur la route solitaire et je me sentais aussi léger que si une montagne était tombée de mes épaules. La prière me consolait de plus en plus; parfois mon cœur bouillonnait d'un amour infini pour Jésus-Christ et de ce merveilleux bouillonnement des ondes bienfaisantes se répandaient dans tout mon être. L'image de Jésus-Christ était si bien gravée dans mon esprit qu'en pensant aux événements de l'Évangile, c'était comme si je les voyais devant mes yeux. J'étais ému et je pleurais de joie, et parfois je sentais dans mon cœur un tel bonheur que je ne sais comment le décrire. Parfois, je restais trois jours loin de toute habitation humaine et avec extase je me sentais sur la terre, seul, misérable pécheur devant le Dieu compatissant et ami des hommes. Cette solitude faisait mon bonheur et la douceur de la prière y était beaucoup plus sensible qu'au contact des hommes.

Enfin, j'arrivai à Irkoutsk. Après m'être incliné devant les reliques de saint Innocent, je me demandai où aller désormais. Je n'avais pas envie de rester longtemps dans la ville, car elle était très peuplée. Je marchais dans la rue en réfléchissant. Soudain, je rencontrai un marchand du pays, qui m'arrêta et me dit :

— Tu es un pèlerin ? Pourquoi ne viens-tu pas chez moi ?

Nous arrivâmes dans sa riche maison. Il me demanda qui j'étais et je lui racontai mon voyage. A ces mots, il me dit :

— Tu devrais aller jusqu'à l'antique Jérusalem. Là-bas, il y a une sainteté à nulle autre pareille !

— J'irais avec joie, lui répondis-je, mais je n'ai pas de quoi payer la traversée, car il y faut beaucoup d'argent.

— Si tu veux, je t'indiquerai un moyen, dit le marchand; l'année dernière, j'ai envoyé là-bas un vieillard de nos amis.

Je tombai à ses pieds et il me dit :

— Écoute, je te donnerai une lettre pour mon fils qui est à Odessa et fait du commerce avec Constantinople; il a des bateaux, il te fera passer jusqu'à Constantinople et, de là, ses bureaux te paieront le voyage jusqu'à Jérusalem. Ce n'est pas si cher.

A ces mots, je fus rempli de joie, je remerciai beaucoup ce bienfaiteur et je remerciai surtout Dieu qui manifestait un amour si paternel envers moi, pécheur endurci, ne faisant aucun bien ni à lui ni aux autres, et mangeant inutilement le pain d'autrui.

Je suis resté trois jours chez ce généreux marchand. Il m'a donné une lettre pour son fils et je vais maintenant à Odessa dans l'espoir d'atteindre la sainte ville de Jérusalem. Mais je ne sais si le Seigneur me permettra de m'incliner devant son sépulcre vivifiant.

Troisième récit

Avant mon départ d'Irkoutsk, je revins chez le père spirituel avec qui j'avais eu des entretiens et lui dis :

— Me voici bientôt en route pour Jérusalem; je suis venu vous dire adieu et vous remercier pour votre charité chrétienne envers moi, misérable pèlerin.

Il me dit :

— Que Dieu bénisse ta route. Mais tu ne m'as rien raconté sur toi, qui tu es et d'où tu viens. J'ai entendu beaucoup d'histoires de tes voyages; j'aimerais connaître ton origine et ton existence jusqu'au moment où tu as commencé ta vie errante.

— Je vous raconterai cela avec plaisir, lui dis-je. Ce n'est pas une longue histoire.

La vie du pèlerin.

Je suis né dans un village de la province d'Orel. Après la mort de nos parents, nous restâmes deux, mon frère aîné et moi. Il avait dix ans. J'étais dans ma troisième année. Notre grand-père nous prit chez lui pour nous élever; c'était un vieillard honorable et aisé, il tenait une auberge sur la grand-route et, comme il était très bon, beaucoup de voyageurs s'arrêtaient chez lui. Nous vînmes donc vivre près de lui; mon frère était très vif, il courait tout le temps par le village, moi je restais plutôt près de mon grand-père. Les jours de fête, il nous emmenait à l'église, et à la maison il lisait souvent la Bible, tenez, celle que j'ai là avec moi. Mon frère grandit et commença à boire. J'avais sept ans; un jour, j'étais couché avec lui sur le poêle [1], il me poussa et me fit tomber. Je me fis mal au bras gauche et, depuis ce temps, je ne puis plus m'en servir, il est tout desséché.

Le grand-père, voyant que je ne pourrais m'employer aux travaux des champs, décida de m'apprendre à lire et, comme nous n'avions pas d'alphabet, il se servait de la Bible que voilà : il me montrait les lettres et m'obligeait à épeler les mots, puis à noter les lettres. Ainsi, je ne sais trop comment, à force de répéter derrière lui, je finis par savoir lire. Plus tard, quand il

1. Dans les izbas, le poêle est un important édifice en briques qui reste toujours chaud. En hiver surtout, les paysans établissent leur lit sur la partie supérieure. Les vieillards y demeurent souvent toute la journée.

n'y vit plus très clair, il me faisait lire la Bible à haute voix et il me corrigeait. Chez nous s'arrêtait souvent le greffier. Il avait une belle écriture et j'aimais à le voir écrire. De moi-même, je commençai à former les mots à son exemple. Il m'indiqua alors comment faire, il me donna du papier, de l'encre et me tailla des plumes. J'appris donc aussi à écrire. Mon grand-père en était content et il me disait :

— Ainsi, Dieu t'a donné de savoir les lettres, tu seras un homme. Remercie le Seigneur et prie plus souvent.

Nous allions à l'église pour tous les services et à la maison aussi nous priions fréquemment; on me faisait réciter : *Aie pitié de moi, Seigneur*, et le grand-père et la grand-mère faisaient des inclinations jusqu'à terre, ou bien se tenaient à genoux. J'arrivai ainsi à l'âge de dix-sept ans et ma grand-mère mourut. Le grand-père me dit :

— Nous voilà sans patronne à la maison, et comment s'arranger sans femme ? Ton frère aîné n'est bon à rien, je vais te marier.

Je refusai, à cause de mon infirmité, mais mon grand-père insista et on me maria avec une jeune fille bonne et sérieuse. Elle avait vingt ans. Une année passa, et mon grand-père tomba malade à mourir. Il m'appela, me fit ses adieux et dit :

— Je te laisse la maison et tout ce que j'ai;

vis comme tu le dois, ne trompe personne, et prie Dieu plus que tout; c'est de Lui que tout vient. Ne mets ton espérance qu'en Dieu, va à l'église, lis la Bible et souviens-toi de nous dans tes prières. Voici mille roubles d'argent, garde-les, ne les dépense pas pour rien, mais ne sois pas avare, donne aux mendiants et aux églises de Dieu.

Il mourut et je l'enterrai. Mon frère fut jaloux de ce que j'avais reçu l'auberge en héritage : il me fit des ennuis et l'Ennemi le poussa si bien qu'il décida de me tuer. Une nuit que nous dormions et qu'il n'y avait pas de voyageurs, il pénétra dans la chambre aux provisions et y mit le feu après avoir enlevé tout l'argent qui était dans un coffre. Nous nous réveillâmes quand toute la maison était en flammes et nous n'eûmes que le temps de sauter par la fenêtre, tels que nous étions.

Nous avions la Bible sous l'oreiller et nous l'emportâmes avec nous. Nous regardions brûler notre maison et nous nous disions : Dieu merci ! nous avons sauvé la Bible, nous pourrons au moins nous consoler dans le malheur. Ainsi tout notre bien fut brûlé et mon frère disparut du pays. Plus tard, il se vanta après avoir bu et nous apprîmes que c'était lui qui avait emporté l'argent et mis le feu à la maison.

Nous restâmes nus et sans rien, de vrais

mendiants; tant bien que mal, en empruntant, nous mîmes debout une petite cabane et vécûmes comme de pauvres diables. Ma femme était sans rivale pour filer, tisser et coudre. Elle prenait des commandes chez les gens et travaillait nuit et jour pour me nourrir. A cause de mon bras, je ne pouvais même pas tresser des chaussures d'écorce. Le plus souvent, elle filait ou tissait et moi, assis à côté d'elle, je lisais la Bible, elle écoutait et parfois se mettait à pleurer. Quand je lui demandais :

— Pourquoi pleures-tu ? Grâce à Dieu, nous nous en tirons quand même, elle répondait :

— Je suis émue parce que, dans la Bible, c'est si bien écrit.

Nous nous souvenions aussi de la recommandation du grand-père, nous jeûnions souvent, nous lisions chaque matin l'hymne acathiste [2] et le soir nous faisions chacun un

2. Hymne en l'honneur de la Vierge qui se chante " sans s'asseoir ". L'hymne contient vingt-quatre strophes dans l'ordre alphabétique grec, entre lesquelles se placent des litanies. Composée pour la fête de l'Annonciation, l'hymne célèbre à la fois ce mystère et celui de l'Incarnation. " L'acathiste est la plus belle, la plus profonde, la plus ancienne hymne mariale de toute la littérature chrétienne ", écrit le R. P. Meersseman, O. P. Voici, à titre d'exemple, le début de la première litanie :

Salut, par qui la joie s'allumera ;
Salut, par qui le malheur s'éteindra ;
Salut, relèvement d'Adam tombé ;
Salut, rédemption des larmes d'Ève.

millier de salutations devant les images pour ne pas tomber en tentation. Nous vécûmes ainsi tranquillement pendant deux ans. Mais voici ce qui est étonnant : nous ne connaissions rien de la prière intérieure faite dans le cœur, nous n'en avions pas entendu parler, nous priions seulement de la langue, nous faisions nos courbettes comme des nigauds, et pourtant, le désir de prier était là, cette longue prière extérieure ne nous paraissait pas difficile, nous nous en acquittions avec plaisir. Il avait sans doute raison cet instituteur qui m'a dit une fois qu'il existe à l'intérieur de l'homme une prière mystérieuse dont il ne sait pas lui-même comment elle se produit, mais elle incite chacun à prier selon ce qu'il peut et ce qu'il sait.

Après deux ans de cette vie, ma femme prit une forte fièvre et, le neuvième jour, après avoir communié, elle mourut. Je restai seul, tout seulet et je ne pouvais rien faire; il ne me restait qu'à m'en aller mendier à travers le monde, mais j'avais honte de demander l'aumône; de plus, j'étais si malheureux en pensant à ma femme que je ne savais où me fourrer. Quand j'entrais dans la cabane et que je voyais un de ses vêtements ou son foulard de tête, je me

---

cf. G. G. Meersseman O. P., *L'hymne acathiste en l'honneur de la mère de Dieu*, texte grec, traduction et introduction, Éditions Universitaires, Fribourg, 1958.

mettais à sangloter et je tombais sans connaissance. A vivre ainsi à la maison, je ne pouvais plus supporter mon chagrin, aussi je vendis la cabane pour vingt roubles et je distribuai aux pauvres mes vêtements et ceux de ma femme. A cause de mon infirmité, on me donna un passeport perpétuel, je pris ma chère Bible avec moi et je m'en fus, en suivant le regard de mes yeux.

Arrivé sur la route, je me demandai : Où aller maintenant ? J'irai d'abord à Kiev, je m'inclinerai devant les saints de Dieu et leur demanderai de m'aider dans mon malheur. Dès que j'eus pris cette décision, je me sentis mieux et j'arrivai à Kiev, soulagé. Voilà treize ans que je chemine sans arrêt; j'ai visité beaucoup d'églises et de monastères, mais maintenant, je vais surtout par les steppes et par les champs. Je ne sais si le Seigneur me permettra d'arriver jusqu'à la sainte Jérusalem. Si c'est la volonté de Dieu, il serait temps peut-être d'y enterrer mes os pécheurs.

— Et quel âge as-tu ?

— Trente-trois ans.

L'âge du Christ !

Quatrième récit

Pour moi, être uni à Dieu, c'est mon bonheur,
Dans le Seigneur je mets mon espérance[1].

Le proverbe russe a raison, dis-je, en revenant chez mon père spirituel : l'homme propose et Dieu dispose. Je croyais partir dès aujourd'hui pour la sainte cité de Jérusalem, mais il en a été autrement; un événement tout à fait imprévu me retient ici encore deux ou trois jours. Je n'ai pu m'empêcher de venir vous voir pour vous l'annoncer et vous demander conseil à ce propos. Voici ce qui s'est passé.

J'avais dit adieu à tous et, avec l'aide de Dieu, j'avais repris ma route; j'allais franchir la barrière, lorsqu'à la porte de la dernière maison, j'aperçus un ancien pèlerin que je n'avais pas vu depuis trois ans. Nous nous dîmes bonjour et il me demanda où j'allais. Je lui répondis :

— Si Dieu le veut, jusqu'à l'antique Jérusalem.

1. Ps. 73, 28.

— Eh bien ! reprit-il, il y a ici un excellent compagnon pour toi.

— Grand merci ! lui dis-je. Est-ce que tu ne sais pas que je ne prends jamais de compagnon et que je marche toujours seul ?

— Oui, mais écoute un peu ; je sais que celui-là te convient tout à fait. Tout ira bien pour lui avec toi, et pour toi avec lui. Le père du propriétaire de cette maison, où je suis engagé comme ouvrier, a fait vœu d'aller à Jérusalem ; tu n'auras pas d'ennuis avec lui. C'est un marchand d'ici, un bon vieillard et, de plus, il est complètement sourd. On a beau crier, il n'entend rien ; quand on veut lui demander quelque chose, il faut l'écrire sur un bout de papier. Il est toujours silencieux, et il ne t'ennuiera pas en chemin. Mais tu lui seras indispensable pendant le trajet. Son fils lui donne un cheval et une voiture qu'il vendra à Odessa. Le vieux veut marcher à pied, mais on mettra dans la voiture son bagage et quelques dons pour le Sépulcre du Seigneur. Tu pourras y poser ton sac... Maintenant, réfléchis. Crois-tu qu'on puisse laisser aller ainsi tout seul un vieillard complètement sourd ? Nous avons cherché partout un conducteur, mais ils demandent très cher, et puis c'est dangereux de le laisser partir avec un inconnu, car il a de l'argent et des objets précieux. Accepte, frère, ce sera très bien; accepte pour la gloire de Dieu et l'amour du prochain. Quant à moi, je me porterai garant pour toi et les maîtres seront ravis; ce sont de braves gens et ils m'aiment bien. Il y a deux ans que je suis chez eux.

Après avoir parlé ainsi devant la porte, il m'a fait entrer chez son patron et j'ai vu que c'était une famille honorable; j'ai accepté leur proposition. Nous avons décidé de partir deux jours après Noël, si Dieu le veut, après avoir entendu la divine liturgie.

Voilà les événements inattendus qui se produisent sur le chemin de la vie ! Mais c'est toujours Dieu et sa divine Providence qui agissent par nos actions et nos intentions, comme il est écrit : *Car c'est Dieu qui opère en vous le vouloir et le faire*[2].

Mon père spirituel me dit :

— Je me réjouis cordialement, frère bien-aimé, que le Seigneur m'ait permis ainsi de te revoir encore. Et comme tu es libre, je te garderai un peu et tu me raconteras quelques-une des rencontres que tu as faites au cours de ta vie errante. Car j'ai eu plaisir à écouter tes précédents récits.

— Je le ferai avec joie, répondis-je, et je me mis à parler.

2. Phil. 2, 13.

Il y a eu du bon autant que du mauvais; on ne peut tout raconter, et bien des choses sont sorties de ma mémoire, car j'ai surtout essayé de garder le souvenir de ce qui ramenait mon âme paresseuse à la prière; tout le reste, je l'ai rarement évoqué, ou, pour mieux dire, j'ai tâché d'oublier le passé, selon l'enseignement de l'apôtre Paul qui a dit : *Oubliant ce qui est derrière moi et me portant de tout moi-même vers ce qui est en avant, je cours droit au but* [3]. Et mon bienheureux starets me disait que les obstacles à la prière peuvent venir de droite et de gauche [4] c'est-à-dire, si l'ennemi ne peut détourner l'âme de la prière par de vaines pensées ou des images coupables, il fait revivre dans la

3. Phil. 3, 13.

4. Cf. Évagre Le Pontique (Pseudo-Nil), *Traité de la Prière* (trad. Hausherr, Rev. Asc. Myst., t. XV, janvier-avril 1935), or. 72 : " Une fois que l'intelligence est parvenue à l'oraison pure et véritable, les démons ne viennent plus à elle par la gauche mais par la droite. Ils lui représentent une vision illusoire de Dieu, quelque figure agréable aux sens, de manière à lui faire croire qu'elle a obtenu parfaitement le but de la prière... " Et voici le commentaire du père Hausherr : " Lisons les *Centuries d'Évagre*, suppl. 27 : " Les pensées diaboliques aveuglent l'œil gauche, celui qui sert pour la contemplation des êtres. " Il ne fallait pas beaucoup d'imagination au commentateur syrien Babaï pour trouver que l'œil droit sert à la contemplation de Dieu. Or c'est le stade où nous en sommes, puisque l'intellect " prie vraiment ". On comprend donc que les démons viennent de droite et non pas par des pensées, mais simplement par des passes physiques. " (*Op. cit.*, p. 121.)

mémoire des souvenirs édifiants ou de belles idées, afin d'arracher l'esprit à la prière, qu'il ne peut supporter. Cela s'appelle le détournement de droite : l'âme, méprisant la conversation avec Dieu, entre en conversation délicieuse avec elle-même ou avec les créatures. Aussi m'a-t-il enseigné qu'au temps de la prière, il ne fallait pas admettre dans l'esprit même la plus belle et la plus haute pensée; et si, à la fin de la journée, on s'aperçoit qu'on a passé plus de temps à la méditation ou à des entretiens édifiants qu'à la prière absolue et pure, il faut le considérer comme une imprudence ou comme une avidité spirituelle égoïste, surtout chez les commençants, pour qui le temps employé à la prière doit l'emporter sur le temps consacré aux autres activités pieuses.

Mais on ne peut tout oublier. Certains souvenirs s'impriment si profondément dans la mémoire qu'ils restent vivants sans qu'on les évoque, comme par exemple celui de cette pieuse famille où Dieu m'a permis de passer quelques jours.

Une famille orthodoxe.

Lorsque je traversais le gouvernement de Tobolsk, je passai un jour par une petite ville.

Je n'avais presque plus de pain, aussi j'entrai dans une maison pour en demander. Le maître de maison me dit :

— Tu tombes au bon moment, ma femme vient de retirer le pain du four, prends cette miche chaude et prie Dieu pour nous.

Tout en le remerciant, j'introduisais le pain dans mon sac; la maîtresse me vit et dit :

— Quel pauvre sac tu as là, il est tout déchiré, je vais t'en donner un autre ! et elle me donna un bon sac solide. Je les remerciai du fond du cœur et je partis. A la sortie de la ville, je demandai un peu de sel dans une boutique et le marchand m'en donna un petit sac. J'en fus heureux et je remerciai Dieu qui m'avait fait m'adresser à des gens si bons.

— Me voilà tranquille pour une semaine, me disais-je. Je pourrai dormir sans souci. *Mon âme, bénis le Seigneur*[5] *!*

J'avais fait cinq verstes depuis la ville quand j'aperçus un village pas bien riche avec une église en bois, petite mais bien peinte à l'extérieur et joliment décorée. La route passait tout près et j'eus envie de m'incliner devant le temple de Dieu. Je montai sur le perron et fis une prière.

5. Cette invocation, placée au début de nombreux psaumes, est chantée dans les liturgies de saint Jean Chrysostome et de saint Basile pendant la première partie de la messe et au début des vêpres sous forme d'antienne.

Dans une prairie le long de l'église, il y avait deux petits enfants qui jouaient; ils pouvaient avoir cinq ou six ans. Je me dis que malgré leur air soigné, ils devaient être les enfants du prêtre. Ma prière terminée, je m'en allai. Je n'avais pas fait dix pas que j'entendis crier derrière moi :

— Gentil mendiant ! gentil mendiant ! Attends !

C'étaient les enfants qui criaient et couraient vers moi — un petit garçon et une fillette; je m'arrêtai et, accourant, ils me prirent par la main.

— Allons chez maman, elle aime les mendiants.

— Je ne suis pas un mendiant, mais un passant.

— Et qu'est-ce que c'est que ce sac ?

— C'est mon pain pour la route.

— Ça ne fait rien, viens avec nous, maman te donnera de l'argent pour la route.

— Et où est donc votre maman ? demandai-je.

— Là-bas, derrière l'église, au-delà des arbres.

Ils me firent entrer dans un merveilleux jardin, au milieu duquel je vis une grande maison de maîtres; nous entrâmes dans le vestibule. Que tout était propre et bien rangé ! Soudain, la dame accourut vers nous.

— Que je suis heureuse ! D'où Dieu t'envoie-t-il vers nous ? Assieds-toi, assieds-toi, mon cher !

Elle m'enleva elle-même mon sac, le posa sur une table et me fit asseoir sur une chaise extrêmement douce.

— Veux-tu manger ? prendre du thé ? N'as-tu besoin de rien ?

— Je vous remercie bien humblement, répondis-je, j'ai de quoi manger dans mon sac et le thé, je peux en boire, mais je suis un paysan et je n'en ai pas l'habitude; votre amabilité et votre gentillesse me sont plus précieuses qu'un repas; je prierai Dieu qu'il vous bénisse pour cette hospitalité évangélique.

En disant ces mots, je sentais un fort désir de rentrer en moi-même. La prière bouillonnait dans mon cœur et j'avais besoin de calme et de silence pour laisser cette flamme monter librement et pour cacher un peu les signes extérieurs de la prière, larmes, soupirs, mouvements du visage ou des lèvres.

Aussi je me levai et dis :

— Je vous demande pardon, mais je dois m'en aller. Que le Seigneur Jésus-Christ soit avec vous et vos gentils petits enfants.

— Ah ! non ! Que Dieu te garde de t'en aller, je ne te laisserai pas partir. Mon mari doit rentrer ce soir de la ville, il est juge au tribunal du district. Il sera si heureux de te voir !

Il considére chaque pèlerin comme un envoyé de Dieu. De plus, c'est demain dimanche, tu prieras avec nous à l'office, et ce que Dieu nous enverra, nous le mangerons ensemble. Chez nous, pour les fêtes, nous recevons toujours au moins trente pauvres mendiants, frères du Christ. Et tu ne m'as encore rien dit sur toi, ni d'où tu viens, ni où tu vas ! Raconte-moi cela, j'aime entendre parler ceux qui vénèrent le Seigneur. Petits enfants ! portez le sac du pèlerin dans la chambre aux icônes, c'est là qu'il passera la nuit.

A ces mots, je m'étonnai et je me dis :

— Est-ce un être humain, ou une apparition ?

Ainsi, je restai pour attendre le monsieur. Je racontai rapidement mon voyage et je dis que j'allais à Irkoutsk.

— Eh bien ! dit la dame, tu dois donc passer par Tobolsk, ma mère y demeure dans un couvent, elle y est recluse; nous te donnerons une lettre et elle te recevra. On vient souvent lui demander des conseils spirituels; d'ailleurs, tu pourras lui porter aussi un livre de Jean Climaque*, que nous avons commandé pour elle à Moscou. Comme tout cela s'arrange bien !

Enfin, l'heure de manger arriva et nous nous mîmes à table. Il vint encore quatre dames qui s'assirent avec nous. Après le premier plat, l'une d'entre elles se leva, s'inclina devant l'icône, devant nous, et alla chercher la suite; pour le troisième plat, une autre se leva de la même façon. Voyant cela, je m'adressai à la maîtresse :

— Puis-je demander si ces dames sont de votre famille ?

— Oui, ce sont mes sœurs, la cuisinière, la femme du cocher, la femme de charge, et ma femme de chambre; elles sont toutes mariées, il n'y a pas une jeune fille dans toute la maison.

Voyant et entendant cela, je fus encore plus étonné et remerciai le Seigneur qui m'avait conduit chez des gens si pieux. Je sentais la prière monter avec force dans mon cœur; aussi, pour trouver la solitude, je me levai et dis à la dame :

— Vous devez vous reposer après le déjeuner, mais moi j'ai tant l'habitude de marcher que j'irai me promener dans le jardin.

— Non, je ne prends pas de repos, dit la dame. J'irai avec toi dans le jardin et tu me raconteras quelque chose d'instructif. Si tu y vas seul, les enfants ne te laisseront pas en repos; ils ne te lâcheront pas, car ils aiment beaucoup les mendiants, frères du Christ, et les pèlerins.

Il n'y avait rien à faire et nous allâmes ensemble au jardin.

Afin de garder plus commodément le silence, je m'inclinai devant la dame et dis :

— Je vous en prie, ma mère, au nom de Dieu, y a-t-il longtemps que vous menez une vie aussi sainte ? Racontez-moi comment vous êtes parvenue à ce degré de bonté.

— C'est bien facile, dit-elle. Ma mère est arrière-petite-fille de saint Josaphat *, dont on honore les reliques à Belgorod. Nous avions là-bas une grande maison dont une aile était louée à un gentilhomme de peu de fortune. Celui-ci finit par mourir et sa femme mourut aussi après avoir mis un enfant au monde.

Le nouveau-né était complètement orphelin. Ma mère le recueillit chez elle et je naquis l'année suivante. Nous grandîmes ensemble, nous eûmes les mêmes maîtres et nous étions comme frère et sœur. Lorsque mon père mourut, ma mère quitta la ville et vint s'établir avec nous dans ce village. Quand nous fûmes en âge, ma mère me maria avec son filleul, nous fit don de ce village et décida d'entrer au couvent. Après nous avoir donné sa bénédiction, elle nous recommanda de vivre en chrétiens, de prier Dieu de tout cœur et d'observer avant tout le commandement le plus important, celui de l'amour pour le prochain, en aidant les pauvres, frères du Christ, en élevant nos enfants dans la crainte de Dieu et en traitant nos serfs comme des frères. C'est ainsi que nous vivons depuis dix ans dans cette solitude, essayant d'obéir aux conseils de notre mère. Nous avons un asile pour les mendiants, il y en a plus de dix en ce moment, infirmes ou malades; si tu veux nous irons les voir demain.

A la fin de son récit, je lui demandai :

— Et où est ce livre de Jean Climaque que vous voulez envoyer à votre mère ?

— Rentrons dans la maison, je te le montrerai.

Nous commencions à peine à lire, que le monsieur arriva. Nous nous embrassâmes chrétiennement comme des frères, et il m'emmena dans sa chambre en disant :

— Viens, mon frère, dans mon bureau, bénis ma cellule. Je pense qu'elle t'a ennuyé (il désignait sa femme). Dès qu'elle trouve un pèlerin ou un malade, elle est si heureuse qu'elle ne le quitte plus ni nuit ni jour; c'est un vieil usage dans sa famille.

Nous entrâmes dans son bureau. Quelle quantité de livres ! des icônes magnifiques et une croix de grandeur naturelle devant laquelle était posé un Évangile ! Je me signai et dis :

— Vous avez chez vous, monsieur, le paradis de Dieu. Voilà le Seigneur Jésus-Christ, sa Mère très-pure et ses saints serviteurs; et voici leurs paroles et leurs enseignements vivants et immortels; je pense que vous devez souvent prendre plaisir à vous entretenir avec eux.

— Eh oui, dit le monsieur, j'aime bien lire.

— Quel genre de livres avez-vous ? demandai-je.

— J'ai beaucoup de livres spirituels : voici le Ménologe [6], les œuvres de Jean Chrysostome, de Basile le Grand, beaucoup d'ouvrages philosophiques ou théologiques et de nombreux sermons de prédicateurs contemporains. Cette bibliothèque m'a coûté cinq mille roubles.

— N'auriez-vous pas un ouvrage sur la prière ? demandai-je.

— J'aime beaucoup les livres sur la prière. Voici un opuscule tout récent, œuvre d'un prêtre de Pétersbourg.

Le monsieur sortit un commentaire sur le *Notre Père* et nous commençâmes à le lire. Bientôt arriva la dame, elle venait avec le thé et les enfants portaient une corbeille en argent pleine d'une sorte de pâtisserie, telle que je n'en

6. Recueil contenant les vies des saints de mois en mois d'après la date de leurs fêtes. Le ménologe russe moderne, œuvre de saint Dimitri de Rostov, a été publié à Kiev de 1684 à 1705. Il parut à Moscou à l'Imprimerie synodale en 1759 par les soins de Josaphat Mitkevitch et fut réédité ensuite à plusieurs reprises.

avais jamais mangé. Le monsieur me prit le livre, le donna à la dame et dit :

— Elle va nous lire, elle lit très bien et pendant ce temps nous nous réconforterons.

La dame se mit à lire. Tout en écoutant, je sentais la prière qui montait dans mon cœur; plus elle lisait et plus la prière se développait et me réjouissait. Soudain, je vis une forme passer rapidement dans l'air, comme si c'était mon défunt starets. Je fis un mouvement, mais, pour le cacher, je dis : " Pardonnez, je m'étais assoupi ". A ce moment, j'eus l'impression que l'esprit du starets pénétrait mon esprit et l'illuminait, je sentis en moi comme une grande clarté et de nombreuses idées sur la prière. Comme je me signais et m'efforçais de chasser ces idées, la dame acheva sa lecture et le monsieur me demanda si cela m'avait plu. La conversation s'engagea là-dessus.

— Cela me plaît beaucoup, dis-je; d'ailleurs le *Notre Père* est plus haut et plus précieux que toutes les prières écrites que nous ayons; car c'est le Seigneur Jésus-Christ lui-même qui nous l'a enseigné. Le commentaire que vous en avez lu est très bon, mais il est entièrement tourné vers la vie active du chrétien, tandis que j'ai lu chez les Pères une explication qui est surtout mystique et orientée vers la contemplation.

— Dans quels Pères as-tu trouvé cela ?

— Eh bien, chez Maxime le Confesseur* par exemple et dans la *Philocalie* chez Pierre Damascène*.

— Est-ce que tu t'en souviens ? Répète-le nous si tu peux.

— Certainement. Début de la prière : *Notre Père qui êtes aux cieux ;* dans le livre que vous avez lu, on déclare que ces paroles signifient qu'il faut aimer fraternellement notre prochain, car nous sommes tous fils d'un même Père. C'est très juste, mais les Pères y ajoutent un commentaire plus spirituel — ils disent qu'en prononçant ces mots, il faut élever son esprit vers le Père céleste, et se rappeler l'obligation d'être à chaque instant en présence de Dieu Les paroles : *Que votre nom soit sanctifié* s'expliquent dans ce livre par le soin qu'il faut mettre à ne pas invoquer en vain le nom du Seigneur; mais les commentateurs mystiques y voient la demande de la prière intérieure du cœur, c'est-à-dire, pour que le nom de Dieu soit sanctifié, il faut qu'il soit gravé à l'intérieur du cœur et que par la prière perpétuelle il sanctifie et illumine tous les sentiments, toutes les forces de l'âme. Les paroles *Que votre Règne arrive* sont expliquées ainsi par les Pères : Que viennent dans nos cœurs la paix intérieure, le repos et la joie spirituelle. Dans le livre, on explique

que les paroles : *Donnez-nous aujourd'hui notre pain quotidien*, concernent les besoins de notre vie corporelle, et ce qui est nécessaire pour venir en aide au prochain. Mais Maxime le Confesseur entend par pain quotidien le pain céleste qui nourrit l'âme, c'est-à-dire la parole de Dieu, et l'union de l'âme avec Dieu par la contemplation et la prière perpétuelle à l'intérieur du cœur.

— Ah ! la prière intérieure est une œuvre difficile, elle est presque impossible à ceux qui vivent dans le monde, s'écria le monsieur; il nous faut toute l'aide du Seigneur pour accomplir sans paresse la prière ordinaire.

— Ne parlez pas ainsi, monsieur. Si c'était une tâche au-delà des forces humaines, Dieu ne l'aurait pas commandée à tous. *Sa force s'accomplit dans la faiblesse* [7] et les Pères nous offrent des moyens qui facilitent la voie vers la prière intérieure.

— Je n'ai jamais rien lu de précis à ce sujet, dit le monsieur.

— Si vous voulez, je vous lirai des extraits de la *Philocalie*.

Je pris ma *Philocalie*, cherchai un passage de Pierre Damascène dans la troisième partie, à la page 48, et je lus ce qui suit :

7. Cf. II Cor. 12, 9.

« Il faut s'entraîner à invoquer le nom du Seigneur, plus qu'à la respiration, en tout temps, en tout lieu et en toute occasion. L'Apôtre dit : *Priez sans cesse*; il enseigne par là qu'il faut se souvenir de Dieu en tout temps, en tout lieu et en toutes choses. Si tu fabriques quelque chose, tu dois penser au créateur de tout ce qui existe; si tu vois la lumière, souviens-toi de celui qui te l'a donnée; si tu considères le ciel, la terre, la mer et tout ce qu'ils contiennent, admire, et glorifie celui qui les a créés; si tu te couvres d'un vêtement, pense à celui de qui tu le tiens et remercie-le, lui qui pourvoit à ton existence. Bref, que tout mouvement te soit motif à célébrer le Seigneur, ainsi tu prieras sans cesse et ton âme sera toujours dans la joie. » Voyez comme ce procédé est simple, facile et accessible à tous ceux qui ont le moindre sentiment humain.

Ce texte leur plut beaucoup. Le monsieur m'embrassa avec enthousiasme, me remercia, regarda ma *Philocalie* et dit :

— Il faut que j'achète ce livre; je le commanderai à Pétersbourg; mais, pour mieux m'en souvenir, je vais copier tout de suite ce passage que tu as lu, — dicte-moi.

Et il le transcrivit aussitôt d'une belle écriture rapide. Puis il s'écria :

— Mon Dieu ! Mais justement j'ai une icône

de saint Damascène (c'était probablement saint Jean Damascène*).

Il ouvrit le cadre et fixa sous l'icône le papier qu'il venait d'écrire, en disant :

— La parole vivante d'un serviteur de Dieu placée sous son image m'incitera souvent à mettre en pratique ce conseil salutaire.

Puis nous allâmes souper. Tout le monde était de nouveau à table en même temps que nous, hommes et femmes. Quel silence recueilli et quel calme pendant le repas ! Après le souper, nous fîmes tous la prière y compris les enfants et on me fit lire l'hymne à Jésus Très-Doux.

Les serviteurs allèrent se reposer et nous restâmes tous trois dans la pièce. Alors, la dame m'apporta une chemise blanche et des bas. Je m'inclinai profondément et dis :

— Madame, je ne peux prendre les bas, je n'en ai jamais porté, nous mettons toujours des bandes [8].

Elle revint bientôt avec une vieille blouse jaune de drap fin qu'elle coupa en bandes. Et le monsieur ayant déclaré que mes souliers ne valaient plus rien, m'en apporta une paire toute

8. Au lieu de chaussettes, les paysans russes portaient souvent des bandes roulées autour des jambes, un peu à la façon des molletières militaires qu'ont utilisées les soldats français

neuve qu'il chaussait par-dessus ses bottes.

— Va dans cette chambre, me dit-il; il n'y a personne, tu pourras y changer de linge.

J'allai me changer et je revins vers eux. Ils me firent asseoir sur une chaise et se mirent à me chausser, le monsieur m'enroulait les bandes et la dame me mettait les souliers. Au début, je ne voulais pas me laisser faire, mais ils me firent asseoir en disant :

— Assieds-toi et tais-toi, le Christ a lavé les pieds de ses disciples.

Je ne pouvais pas résister et je me mis à pleurer; et eux, ils pleuraient aussi.

Alors la dame partit près de ses enfants pour la nuit et, avec le monsieur, nous allâmes au jardin pour nous entretenir un peu dans le pavillon. Nous restâmes longtemps à veiller. Nous étions étendus par terre et nous causions. Soudain, il s'approcha de moi et me dit :

— Réponds-moi en conscience et en vérité, qui es-tu ? Tu dois être de famille noble et tu feins d'être innocent. Tu lis et écris parfaitement, tu penses et tu parles avec correction; sûrement tu n'as pas reçu l'éducation d'un paysan.

— Je vous ai parlé d'un cœur pur à vous et à votre dame, j'ai raconté mes origines en toute vérité et je n'ai jamais pensé à mentir ni à vous tromper. Et dans quel but ? Ce que je dis ne vient pas de moi, mais de mon sage et défunt starets ou des Pères chez qui je l'ai lu; et la prière intérieure qui plus que tout illumine mon ignorance, ce n'est pas moi qui l'ai acquise; elle est née dans mon cœur par la miséricorde divine et grâce à l'enseignement du starets. Chacun peut en faire autant; il suffit de se plonger plus silencieusement dans son cœur et d'invoquer un peu plus le nom de Jésus-Christ, aussitôt l'on découvre la lumière intérieure, tout devient clair, et dans cette clarté apparaissent certains mystères du Royaume de Dieu. Et c'est déjà un grand mystère lorsque l'homme découvre cette capacité de rentrer en soi, de se connaître vraiment et de pleurer doucement sur sa chute et sur sa volonté pervertie. Il n'est pas très difficile de penser sainement et de parler avec les gens, c'est une chose possible car l'esprit et le cœur existaient avant la science et la sagesse humaines. On peut toujours cultiver l'esprit par la science ou par l'expérience; mais là où il n'y a pas d'intelligence, aucune éducation n'y fera rien. Ce qu'il y a, c'est que nous sommes loin de nous-même et que nous ne souhaitons guère nous en rapprocher, nous fuyons toujours pour ne pas nous trouver en face de nous-même, nous préférons des bagatelles à la vérité et nous pensons :

j'aimerais bien avoir une vie spirituelle, m'occuper à la prière, mais je n'en ai pas le temps, les affaires et les soucis m'empêchent de m'y livrer vraiment. Mais qu'est-ce qui est plus important et plus nécessaire, la vie éternelle de l'âme sanctifiée, ou la vie passagère du corps pour lequel nous nous donnons tant de mal ? C'est ainsi que les gens parviennent soit à la sagesse, soit à la bêtise.

— Pardonne-moi, mon cher frère, je n'ai pas parlé par simple curiosité, mais par bienveillance et par sentiment chrétien, et, de plus, parce qu'il y a deux ans j'ai rencontré un cas tout à fait curieux.

Un jour, arriva chez nous un vieux mendiant tout affaibli; il avait le passeport d'un soldat libéré et était si pauvre qu'il allait presque nu; il parlait peu et tout à fait comme un paysan. Nous le reçûmes à l'asile; au bout de cinq jours, il tomba malade, on le transporta dans le pavillon et ma femme et moi nous occupâmes entièrement de lui. Lorqu'il fut évident qu'il allait mourir, notre prêtre le confessa, lui donna la communion et les derniers sacrements. La veille de sa mort, il se leva, me demanda du papier et une plume, et insista pour que la porte restât fermée et que personne n'entrât pendant qu'il écrivait son testament, que je devais faire parvenir à son fils, à Pétersbourg. Je fus stupéfait quand je vis qu'il écrivait à la perfection et que ses phrases étaient parfaitement correctes, élégantes et pleines de tendresse. Je te montrerai demain ce testament, j'en ai gardé une copie. Tout cela m'étonna beaucoup et, pressé par la curiosité, je lui demandai de me raconter son origine et son existence. Il me fit jurer de n'en rien dire à personne avant sa mort et pour la gloire de Dieu il me fit le récit suivant :

— J'étais prince et très riche ; je menais la vie la plus dissipée, la plus brillante, la plus luxueuse qui soit. Ma femme était morte et je vivais avec mon fils qui était capitaine de la Garde. Un soir, en me préparant pour aller à un grand bal, j'entrai en colère contre mon valet de chambre; dans mon impatience, je le frappai à la tête et ordonnai qu'on le renvoyât au village. Cela se passait le soir, et, le lendemain matin, le domestique mourut d'une congestion cérébrale. Mais on n'y attacha guère d'importance et, tout en regrettant ma violence, j'oubliai complètement l'affaire. Au bout de six semaines, le valet de chambre commença à m'apparaître en songe; chaque nuit, il venait m'importuner et me faire des reproches en répétant sans cesse : Homme sans conscience, tu m'as assassiné ! Puis, je le vis aussi pendant que j'étais éveillé. L'appariton devint de plus en plus fréquente et, à la fin, il était presque tout le temps là. Enfin, en même temps que lui, je me mis à voir d'autres morts, des hommes que j'avais grossièrement offensés, des femmes que j'avais séduites. Tous m'adressaient des reproches et ne me laissaient plus de repos, si bien que je ne pouvais plus dormir ni manger, ni faire quoi que ce soit; j'étais à bout de forces et la peau me collait aux os. Les efforts des meilleurs médecins n'obtenaient aucun résultat. Je partis me soigner à l'étranger, mais, après six mois de cure, non seulement il n'y avait auncune amélioration, mais les terribles apparitions ne cessaient d'augmenter. On me ramena plus mort que vif; mon âme, avant d'être séparée du corps, a connu là pleinement les tortures de l'enfer; dès lors j'ai cru à l'enfer et j'ai connu ce qu'il est.

Au milieu de ces tourments, je compris enfin mon infamie, je me repentis, me confessai, affranchis tous mes serviteurs et fis le vœu de passer le reste de ma vie dans les plus durs travaux et de me cacher sous l'habit d'un mendiant afin d'être le plus humble serviteur des gens de la plus basse condition. A peine avais-je pris fermement cette décision que les apparitions cessèrent. Ma réconciliation avec Dieu me donnait une telle joie, un tel sentiment de réconfort, que je ne puis l'exprimer vraiment. J'ai compris alors aussi par l'expérience ce qu'est le paradis et comment le royaume de Dieu se déploie à l'intérieur de nos cœurs. Bientôt, je fus complètement guéri, je mis mon projet à exécution et, muni du passeport d'un ancien soldat, je quittai en secret le lieu de ma naissance. Il y a quinze ans maintenant que j'erre à travers la Sibérie. Parfois, je me suis loué chez les paysans pour des travaux selon mes forces, parfois j'ai mendié au nom du Christ. Ah ! au milieu de ces privations, quel bonheur j'ai goûté ! Quelle béatitude, quelle paix de la conscience ! Seul peut le comprendre celui que la miséricorde divine a tiré d'un enfer de douleur pour le transporter au paradis de Dieu. Là-dessus, il me remit son testament pour l'expédier à son fils et le lendemain il mourut.

— Tenez, j'en ai là une copie dans la Bible qui se trouve dans mon sac. Si vous voulez le lire, je vous le montrerai. Le voici !

Je dépliai le papier et je lus :

« *Au nom de Dieu glorifié dans la Trinité, Père, Fils et Saint-Esprit.*

Mon très cher fils !

Voilà quinze ans que tu n'as vu ton père, mais, dans son obscurité, il recevait parfois de tes nou-

velles et nourrissait pour toi un amour paternel. C'est cet amour qui le pousse à t'envoyer ces dernières paroles pour qu'elles te servent de leçon dans l'existence.

Tu sais combien j'ai souffert pour racheter ma vie coupable et légère; mais tu ne sais pas le bonheur que m'ont apporté, pendant ma vie obscure et errante, les fruits du repentir.

Je meurs en paix chez mon bienfaiteur qui est aussi le tien, car les bienfaits répandus sur le père doivent atteindre le fils affectueux. Exprime-lui ma reconnaissance par tous les moyens en ton pouvoir.

En te laissant ma bénédiction paternelle, je t'exhorte à te souvenir de Dieu et à obéir à ta conscience: sois bon, prudent et raisonnable; traite avec bienveillance tous tes subordonnés, ne méprise pas les mendiants ou les pèlerins, te souvenant que seuls le dénuement et la vie errante ont permis à ton père de trouver le repos de son âme.

En priant Dieu qu'il t'accorde sa grâce, je ferme les yeux tranquillement, dans l'espérance de la vie éternelle par la miséricorde du Rédempteur des hommes, Jésus-Christ. »

C'est ainsi que nous parlions avec ce bon monsieur. Soudain, je lui dis :

— Je pense que vous avez souvent des ennuis avec votre asile. Il y a tant de nos frères qui ne deviennent pèlerins que par nonchalance ou par paresse, et qui polissonnent en route, comme je l'ai vu souvent.

— Non, ceux-là ont été assez rares, répondit le monsieur. Nous n'avons guère vu que de vrais pèlerins. Mais quand ils n'ont pas l'air très sérieux, nous sommes encore plus gentils avec eux et nous les gardons quelque temps à l'hospice. Au contact de nos pauvres, frères du Christ, ils se corrigent souvent et s'en vont avec un cœur humble et doux. Il n'y a pas longtemps, j'en ai encore eu un exemple. Un commerçant de notre ville était tombé si bas qu'on le chassait à coups de bâton et que personne ne voulait lui donner même un morceau de pain. Il était ivrogne, violent, querelleur, et, de plus, il volait. C'est ainsi qu'il arriva un jour chez nous, poussé par la faim ; il demanda du pain et de l'eau-de-vie, car il aimait bien boire. Nous le reçûmes gentiment et lui dîmes : " Reste chez nous, tu auras de l'eau-de-vie tant que tu le désires, mais à une condition : après avoir bu, tu iras te coucher et si tu fais le moindre esclandre, non seulement nous te chasserons pour toujours, mais je demanderai au prévôt de te faire enfermer pour vagabondage. " Il accepta et resta chez nous. Pendant une semaine ou plus, il but vraiment tout ce qu'il voulut;

mais chaque fois, selon sa promesse et parce qu'il avait peur d'être privé d'alcool, il allait se coucher sur son lit ou s'allonger silencieusement au fond du jardin. Quand il reprenait ses esprits, nos frères de l'asile lui parlaient et l'exhortaient à se retenir au moins un peu. Ainsi, il commença à boire moins et en trois mois il devint tout à fait sobre. Il travaille maintenant quelque part et ne mange plus le pain d'autrui. Il est venu me voir avant-hier.

Quelle sagesse dans cette discipline guidée par la charité ! pensai-je, et je m'écriai :

— Béni soit Dieu, dont la miséricorde agit dans l'enceinte de votre demeure !

Après tous ces propos, nous nous assoupîmes un peu, et entendant la cloche sonner l'office du matin, nous allâmes à l'église où la dame se trouvait déjà avec ses enfants. Nous entendîmes l'office puis la divine liturgie. Nous étions dans le chœur avec le monsieur et son petit garçon, la dame et la petite demoiselle étaient à l'ouverture de l'iconostase pour voir l'élévation des Saints Dons. Mon Dieu, comme ils priaient tous et quelles larmes de joie ils versaient ! Leurs visages étaient tellement illuminés qu'à force de les regarder, je me mis à pleurer !

A la fin de l'office, les maîtres, le prêtre,

les serviteurs et tous les mendiants se mirent ensemble à table; il y avait bien quarante mendiants, des infirmes, des malades et des enfants. Quel silence et quelle paix autour de cette table! Rassemblant mon audace, je dis doucement au monsieur :

— Dans les monastères, on lit les vies des saints pendant le repas; nous pourriez en faire autant, puisque vous avez le Ménologe au complet.

Le monsieur se tourna vers la dame et dit :

— Vraiment, Marie, il faut instituer cela. Ce sera excellent pour nous tous. C'est moi qui lirai au premier repas, ensuite ce sera toi, puis notre prêtre, et nos frères, chacun à son tour et selon ce qu'il sait.

Le prêtre s'arrêta de manger et dit :

— Écouter, c'est avec plaisir, mais pour lire — serviteur ! Je n'ai pas un instant de libre. A peine ai-je mis les pieds chez moi que je ne sais plus où donner de la tête, rien que des affaires et des soucis; il faut ceci, il faut cela; un tas d'enfants; le bétail à travers champs; toute la journée se passe à ces bêtises et pas une minute pour lire ou pour s'instruire. Tout ce que j'ai appris au séminaire, il y a longtemps que je l'ai oublié.

A ces mots, je frémis, mais la dame me saisit le bras et me dit :

— Le père parle ainsi par humilité, il se rabaisse toujours lui-même, mais c'est un homme excellent et pieux; il est veuf depuis vingt ans, il élève tous ses petits-enfants et, de plus, il dit très souvent les offices.

Ces paroles me rappelèrent une sentence de Nicétas Stéthatos * dans la *Philocalie* :

" C'est selon la disposition intérieure de l'âme qu'on apprécie la nature des objets ", c'est-à-dire chacun se forme une idée des autres selon ce qu'il est lui-même; et, plus loin, il dit encore : " Celui qui est parvenu à la prière et à l'amour véritable ne distingue plus les objets, il ne distingue pas le juste du pécheur, mais il aime également tous les hommes et ne les condamne pas, de même que *Dieu fait briller le soleil et pleuvoir la pluie sur les bons et sur les méchants* [9]. "

Le silence se fit à nouveau; en face de moi était assis un mendiant de l'asile, complètement aveugle. Le monsieur le faisait manger, lui partageait son poisson, lui tendait la cuiller, et lui versait à boire. Je le regardai avec attention et remarquai que, dans sa bouche toujours entrouverte, sa langue remuait continuellement; je me demandai s'il ne récitait pas la prière et le regardai avec plus de soin. A la fin du

9. Matth. 5, 45.

repas, une vieille se trouva mal, elle étouffait et poussait des gémissements. Le monsieur et la dame l'emmenèrent dans leur chambre à coucher et l'étendirent sur le lit; la dame resta pour la soigner, le prêtre alla chercher en tout cas les saints dons et le monsieur ordonna d'atteler pour aller au galop chercher un docteur à la ville. Tout le monde se dispersa.

J'avais en moi comme une faim de prière; j'éprouvais un violent besoin de la laisser jaillir, il y avait deux jours que j'étais sans tranquillité ni silence. Je sentais dans mon cœur comme un flot prêt à déborder et à se répandre dans tous mes membres, et, comme je le retenais, j'eus une violente douleur au cœur — mais une douleur bienfaisante, me poussant seulement à la prière et au silence. Je compris alors pourquoi les véritables adeptes de la prière perpétuelle fuyaient le monde et se cachaient loin de tous; je compris également pourquoi le bienheureux Hésychius dit que l'entretien le plus élevé n'est qu'un bavardage, s'il se prolonge trop, et je me rappelai les paroles de saint Éphrem le Syrien * : " Un bon discours est d'argent, mais le silence est d'or pur. " En pensant à tout cela, j'arrivai à l'hospice : tout le monde y dormait après le repas. Je montai au grenier, me calmai, me reposai et priai un peu. Quand les pauvres se réveillèrent, j'allai trouver l'aveugle et l'emmenai au jardin; nous nous assîmes dans un coin isolé et commençâmes à parler.

— Dis-moi, au nom de Dieu, et pour le bien de mon âme, tu récites la prière de Jésus ?

— Il y a longtemps déjà que je la répète sans cesse.

— Quel effet en ressens-tu ?

— Seulement que ni jour ni nuit je ne peux m'en passer.

— Comment Dieu t'a-t-il révélé cette activité ? Raconte-moi cela en détail, cher frère.

— Eh bien, je suis un artisan d'ici, je gagnais mon pain en faisant le tailleur, j'allais dans les autres gouvernements, par les villages, et je cousais le vêtement paysan. Dans un village, il m'arriva de rester longtemps chez un paysan pour habiller toute sa famille. Un jour de fête, qu'il n'y avait rien à faire, j'aperçus trois vieux livres sur la planchette placée sous les icônes. Je leur demandai : " Y a-t-il quelqu'un qui lise chez vous ? " Ils me répondirent : " Personne; ces livres-là viennent de l'oncle; il savait ses lettres. "

Je pris un des livres, je l'ouvris au hasard et je lus les paroles suivantes, que je me rappelle encore : " La prière perpétuelle consiste à invoquer sans cesse le nom du Seigneur : assis ou debout, à table ou au travail, en toute occasion, en tout lieu et en tout temps il faut invoquer le nom du Seigneur. »

Je réfléchis à ce que j'avais lu et je trouvai que cela me convenait très bien, aussi, tout en cousant, je me mis à répéter tout bas la prière et j'en étais tout heureux. Les gens qui vivaient avec moi dans l'izba s'en aperçurent et se moquèrent de moi : « Es-tu sorcier, que tu marmottes sans arrêt ? ou bien fais-tu des tours de magie ? »

Pour me cacher, je cessai de remuer les lèvres et je me mis à dire la prière, en remuant seulement ma langue. Enfin, je m'y suis tellement habitué que ma langue la récite jour et nuit et cela me fait du bien.

Je continuai longtemps à travailler, puis, subitement, je devins complètement aveugle. Chez nous dans la famille, nous avons presque tous l'eau sombre au fond des yeux. Comme je suis très pauvre, la commune m'a trouvé une place à l'asile de Tobolsk. C'est là que je vais, mais les maîtres ici m'ont retenu, car ils veulent me donner une voiture pour aller jusque-là.

— Comment s'appelait le livre que tu as lu ? Ce n'était pas la *Philocalie* ?

— Ma foi, je n'en sais rien. Je n'ai pas regardé le titre.

J'allai prendre ma *Philocalie*. Je retrouvai

dans la quatrième partie les paroles du patriarche Calliste qu'il m'avait répétées par cœur et je commençai à lire.

— C'est cela même, s'écria l'aveugle. Lis, lis mon frère, car c'est vraiment très bien.

Quand je parvins au passage où il est dit : il faut prier avec le cœur, il me demanda ce que cela signifiait et comment on le pratiquait. Je lui dis que tout l'enseignement de la prière du cœur était exposé en détail dans ce livre, la *Philocalie* et il me demanda avec insistance de lui lire tout ce qui s'y rapportait.

— Voilà ce que nous ferons, lui dis-je. Quand penses-tu partir pour Tobolsk ?

— Mais tout de suite, si tu veux, répondit-il.

— Alors, voilà ! Je voudrais m'en aller demain, nous n'avons qu'à partir ensemble et en chemin je te lirai tout ce qui se rapporte à la prière du cœur et je t'indiquerai comment découvrir ton cœur et y pénétrer.

— Et la voiture ? dit-il.

— Eh ! laisse donc la voiture. D'ici à Tobolsk, il n'y a que cent cinquante verstes, nous irons doucement ; à deux dans la solitude, il fait bon marcher ; et en marchant on est mieux pour lire et pour parler sur la prière.

Nous tombâmes ainsi d'accord ; le soir, le monsieur vint lui-même nous appeler pour le souper et, après avoir mangé, nous lui déclarâmes que nous pensions nous en aller et que nous n'avions pas besoin de voiture, car nous voulions lire la *Philocalie*. Là-dessus, le monsieur nous dit :

— La *Philocalie* m'a beaucoup plu; j'ai déjà fait la lettre et préparé l'argent et demain en allant au tribunal j'enverrai le tout à Pétersbourg pour recevoir la *Philocalie* par le prochain courrier.

Et donc le lendemain matin, nous nous mîmes en route après avoir beaucoup remercié ces bons seigneurs pour leur charité et leur douceur exemplaires; ils nous accompagnèrent tous deux pendant une verste et nous nous dîmes adieu.

Le paysan aveugle.

Nous allions tout doucement avec l'aveugle, nous ne faisions guère que dix à quinze verstes par jour, et tout le reste du temps, nous nous tenions assis dans les endroits isolés et nous lisions la *Philocalie*. Je lui lus tout ce qui se rapportait à la prière du cœur, en suivant l'ordre indiqué par mon starets, c'est-à-dire en commençant par les livres de Nicéphore le Moine, de Grégoire le Sinaïte, et ainsi de suite. Quelle attention et quelle ardeur il mettait à écouter tout cela ! Comme il en était heureux et ému ! Ensuite, il commença à me poser de telles questions sur la prière que mon esprit ne suffisait pas pour les résoudre.

Après avoir écouté ma lecture, l'aveugle me demanda de lui enseigner un moyen pratique de trouver son cœur par l'esprit, d'y introduire le nom divin de Jésus-Christ et de prier ainsi intérieurement par le cœur. Je lui dis :

— Sans doute, tu ne vois rien, mais par l'intelligence tu peux te représenter ce que tu as vu jadis, un homme, un objet ou un de tes membres, ton bras ou ta jambe; peux-tu te l'imaginer aussi nettement que si tu le regardais et peux-tu, bien qu'aveugle, diriger vers lui ton regard ?

— Je le puis, répondit l'aveugle.

— Alors représente-toi ainsi ton cœur, tourne tes yeux comme si tu le regardais à travers ta poitrine, et écoute de toutes tes oreilles comment il bat coup après coup. Quand tu te seras fait à cela, efforce-toi d'ajuster à chaque battement de ton cœur, sans le perdre de vue, les paroles de la prière. C'est-à-dire avec le premier battement dis ou pense : *Seigneur*, avec le second : *Jésus*, avec le troisième : *Christ*, avec le quatrième : *ayez pitié*, avec le cinquième : *de moi*, et répète souvent cet exercice. Cela te sera facile, car tu es déjà préparé à la prière du cœur. Puis, quand tu seras habitué à cette activité, commence à introduire dans ton cœur la prière de Jésus et à l'en faire sortir en même temps que la respiration, c'est-à-dire en inspirant l'air, dis ou pense : *Seigneur Jésus-Christ*, et en l'expirant : *Ayez pitié de moi !* Si tu agis ainsi assez fréquemment, et assez longtemps, tu éprouveras bientôt une légère douleur au cœur, puis peu à peu il y naîtra une chaleur bienfaisante. Avec l'aide de Dieu, tu parviendras ainsi à l'action constante de la prière à l'intérieur du cœur. Mais surtout garde-toi de toutes représentations, de toutes images naissant dans ton esprit pendant que tu pries. Repousse toutes les imaginations; car les Pères nous ordonnent, afin de ne pas tomber dans l'illusion, de garder l'esprit vide de toutes formes pendant la prière.

L'aveugle, qui m'avait écouté avec attention, s'exerça avec zèle selon ce que je lui avais dit et, la nuit, à l'étape, il y passait de longs moments. Au bout de cinq jours, il sentit dans le cœur une forte chaleur, et un bonheur indicible; en outre, il avait grand désir de se livrer sans cesse à la prière, qui lui révélait l'amour qu'il avait pour Jésus-Christ. Parfois, il voyait une lumière, mais sans qu'aucun objet n'apparût; quand il entrait dans son cœur, il lui semblait y voir jaillir la flamme brillante d'un grand cierge qui, s'échappant au dehors, l'illuminait tout entier; et cette flamme lui permettait même de voir des objets éloignés, comme il arriva une fois.

Nous traversions une forêt, il était plongé, silencieux, dans la prière. Soudain, il me dit :

— Quel malheur ! l'église brûle et le clocher vient de s'effondrer.

— Cesse d'évoquer ces images vaines, lui dis-je, c'est une tentation. Il faut repousser au plus vite toute rêverie. Comment voir ce qui se passe à la ville ? Elle est encore à douze verstes.

Il m'obéit — et, se remettant à prier, il se tut. Vers le soir, nous arrivâmes à la ville et je vis effectivement plusieurs maisons incendiées et un clocher écroulé — il était bâti sur des montants de bois —; tout autour les gens discu taient et admiraient qu'en tombant le clocher n'eût écrasé personne. A ce que je comprenais, le malheur s'était produit au moment où l'aveugle parlait dans la forêt. Au même instant, je l'entendis qui disait :

— D'après toi, ma vision était vaine et pourtant il en est bien ainsi. Comment ne pas remercier et aimer le Seigneur Jésus-Christ qui révèle sa grâce aux pécheurs, aux aveugles et aux insensés ! Merci aussi à toi, qui m'as enseigné l'activité du cœur !

Je lui répondis :

— Pour aimer Jésus-Christ, aime-le, et, pour

le remercier, remercie-le; mais prendre des visions quelconques pour des révélations directes de la grâce, garde-t'en bien, car cela se produit souvent naturellement selon l'ordre des choses. L'âme humaine n'est pas entièrement liée à la matière. Elle peut voir dans l'obscurité, et les objets lointains aussi bien que les proches. Mais nous n'entretenons pas cette faculté de l'âme, nous l'accablons du poids de notre corps épais ou de la confusion de nos pensées distraites et légères. Lorsque nous nous concentrons en nous-mêmes, que nous nous abstrayons de tout ce qui nous entoure et que nous aiguisons notre esprit, alors, l'âme revient complètement à elle-même, elle agit avec toute sa puissance, et c'est là une action naturelle. Mon défunt starets m'a dit que même ceux qui ne s'adonnent pas à la prière, par exemple des infirmes ou des gens spécialement doués, lorsqu'ils se trouvent dans une chambre obscure, voient la lumière qui se dégage de chaque objet, sentent la présence de leur double et pénètrent les pensées d'autrui. Mais les effets directs de la grâce de Dieu, pendant la prière du cœur, sont tellement délicieux qu'aucune langue ne peut les décrire : il est impossible de les comparer à rien de matériel; le monde sensible est bas, comparé aux sensations que la grâce éveille dans le cœur.

Mon aveugle écouta ces paroles avec attention et devint encore plus humble; la prière se développait sans cesse dans son cœur et le réjouissait indiciblement. Mon âme en était heureuse et je remerciais le Seigneur qui m'avait fait connaître une telle piété chez un de ses serviteurs.

Enfin, nous atteignîmes Tobolsk; je le menai à l'hospice, et, après lui avoir dit affectueusement adieu, je repris ma route solitaire.

Pendant un mois, j'allai doucement et je sentais combien les exemples vivants sont utiles et bienfaisants. Je lisais souvent la *Philocalie* et j'y vérifiais tout ce que j'avais dit à l'aveugle. Son exemple enflammait mon zèle, mon dévouement et mon amour pour le Seigneur. La prière du cœur me rendait si heureux que je ne pensais pas qu'on pût l'être plus sur terre, et je me demandais comment les délices du royaume des cieux pouvaient être plus grands que ceux-là. Ce bonheur n'illuminait pas seulement l'intérieur de mon âme; le monde extérieur aussi m'apparaissait sous un aspect ravissant, tout m'appelait à aimer et à louer Dieu; les hommes, les arbres, les plantes, les bêtes, tout m'était comme familier, et partout je trouvais l'image du nom de Jésus-Christ. Parfois, je me sentais si léger que je croyais n'avoir plus de corps et flotter doucement dans l'air; parfois, je rentrais entièrement en moi-même. Je voyais clairement mon intérieur et j'admirais l'édifice admirable du corps humain; parfois, je sentais une joie aussi grande que si j'étais devenu roi, et au milieu de toutes ces consolations, je souhaitais que Dieu me permît de mourir au plus tôt et de faire déborder ma reconnaissance à ses pieds, dans le monde des esprits.

Sans doute, je pris trop plaisir à ces sensations, ou bien peut-être Dieu en décida-t-il ainsi, mais au bout de quelque temps, je sentis dans mon cœur une sorte de crainte et un tremblement. Ne serait-ce pas, me dis-je, un nouveau malheur ou une tribulation comme celle que j'ai endurée pour cette fille à qui j'avais enseigné la prière de Jésus dans la chapelle ? Les pensées m'accablaient comme les nuages et je me rappelai les paroles du bienheureux Jean de Karpathos, qui dit que le maître est souvent livré au déshonneur et supporte tentations et tribulations pour ceux qu'il a aidés spirituellement. Après avoir lutté contre ces pensées, je me plongeai dans la prière qui les fit complètement disparaître. Je me sentis plus fort et me dis : Que la volonté de Dieu soit faite ! Je suis prêt à supporter tout ce que Jésus-Christ m'enverra pour expier mon endurcissement et mon orgueil. D'ailleurs, ceux à qui j'ai révélé récemment le mystère de la prière intérieure y avaient été préparés par l'action mystérieuse de Dieu avant de me rencontrer. Cette pensée me calma tout à fait et je marchais dans la prière et dans la joie, plus heureux qu'auparavant. Pendant deux jours, le temps demeura à la pluie et la route était si boueuse qu'on ne pouvait se sortir des fondrières; je passai par la steppe et, pendant quinze verstes, je ne trouvai pas un lieu habité; enfin, vers le soir, j'aperçus une auberge au bord de la route, je me réjouis en pensant que je pourrais au moins m'y reposer et y passer la nuit. Et, demain matin, à Dieu vat; peut-être que le temps sera meilleur.

La maison de poste.

En approchant, j'aperçus un vieillard vêtu d'un manteau de soldat; il était assis sur le talus devant l'auberge et avait l'air ivre. Je le saluai et dis :

— Puis-je demander à quelqu'un l'autorisation de passer la nuit ici ?

— Qui peut te laisser entrer, sinon moi ? cria le vieux; je suis le chef ici ! Je suis maître de poste et c'est ici le relais.

— Eh bien, permettez-moi, mon père, de passer la nuit chez vous !

— Mais, as-tu seulement un passeport ? Montre tes papiers !

Je lui donnai mon passeport et, tout en l'ayant en mains, le voilà qui se met à crier :

— Où est ton passeport ?

— Vous l'avez dans les mains, répondis-je.

— Eh bien, entrons dans la maison.

Le maître de poste mit ses lunettes, regarda mon passeport et dit :

— Tout ça m'a l'air en règle, tu peux rester ici ; tu vois, je suis un brave homme ; tiens, je vais t'apporter un petit verre.

— Je ne bois jamais, répondis-je.

— Oh, ça ne fait rien ! Eh bien, soupe au moins avec nous.

Il s'assit à table avec la cuisinière, une jeune femme qui avait pas mal bu elle aussi, et je m'installai avec eux. Pendant tout le repas, ils ne cessèrent de se disputer ou de se faire des reproches et, à la fin, éclata une véritable querelle. Le maître s'en alla dormir dans la chambre aux provisions, et la cuisinière resta à laver les bols et les cuillers, tout en pestant contre son vieux. J'étais assis et, voyant qu'elle n'était pas près de se calmer, je lui dis :

— Où pourrais-je dormir, ma mère ? Je suis très fatigué de la route.

— Voilà, je vais t'arranger un lit, bon père.

Elle installa un banc près de celui qui était fixé sous la fenêtre de devant et y étendit une couverture de feutre avec un oreiller. Je m'allongeai et fermai les yeux, faisant semblant de dormir. Longtemps encore, la cuisinière s'agita, à travers la chambre; enfin, elle acheva son ménage, éteignit la lumière et s'approcha de moi. Brusquement, toute la fenêtre qui se trouvait à l'angle de la façade s'écroula dans un bruit effrayant, le cadre, les vitres, les montants, tout vola en éclats; en même temps, on entendait dehors des gémissements, des cris et un bruit de lutte. La femme, terrifiée, se sauva au milieu de la pièce et s'écroula par terre. Je sautai de mon banc, croyant que la terre s'ouvrait sous moi. Soudain, je vis deux postillons qui amenaient dans l'izba un homme tout couvert de sang, on ne voyait même pas son visage. Cela augmenta encore mon angoisse. C'était un courrier d'État qui devait changer là ses chevaux. Le postillon avait mal pris le tournant pour entrer et le timon avait enfoncé la fenêtre; mais, comme il y avait un fossé devant l'izba, la voiture avait versé et le courrier s'était blessé la tête sur un pieu pointu qui étayait le talus. Le courrier demanda de l'eau et de l'alcool pour laver sa blessure. Il l'humecta d'eau-de-vie, puis il en but un verre et cria :

— Des chevaux !

Je m'approchai et lui dis :

— Comment pourrez-vous voyager avec une pareille blessure ?

— Un courrier n'a pas le temps d'être malade, répondit-il et il disparut. Les postillons traînèrent la femme dans un coin près du poêle et la couvrirent d'une natte en disant : « C'est la peur qui lui a fait ça. » Quant au maître de poste, il se versa un petit verre et repartit dormir. Je restai seul.

Bientôt la femme se leva et se mit à marcher d'un coin à l'autre, comme une somnambule; à la fin elle sortit de la maison. Je fis une prière et, me sentant tout faible, je m'endormis un peu avant l'aurore.

Au matin, je dis adieu au maître de poste et, en marchant sur la route, j'élevais ma prière avec foi, espérance et reconnaissance vers le Père des miséricordes et de toute consolation, qui avait écarté de moi un malheur imminent.

Six ans après cet événement, passant près d'un couvent de femmes, j'entrai à l'église pour prier. L'abbesse me reçut aimablement chez elle après l'office et me fit servir du thé. Soudain, on annonça des hôtes de passage; elle alla à leur rencontre et me laissa avec les nonnes qui la servaient. En voyant l'une d'elles verser humblement le thé, j'eus la curiosité de demander :

— Y a-t-il longtemps, ma mère, que vous êtes dans ce couvent ?

— Cinq ans, répondit-elle; quand on m'a amenée ici, je n'avais plus ma tête à moi, mais

Dieu a eu pitié de moi. La mère abbesse m'a prise auprès d'elle dans sa cellule et m'a fait prononcer les vœux.

— Et comment aviez-vous perdu l'esprit ? demandai-je.

— D'épouvante. Je travaillais dans une maison de poste. Une nuit, pendant que je dormais, des chevaux démolirent une fenêtre et, de terreur, je devins folle. Pendant toute une année, mes parents m'ont menée par les lieux saints. Eh bien, c'est ici seulement que j'ai été guérie.

A ces mots, je me réjouis dans mon âme et je glorifiai Dieu dont la sagesse fait tout tourner a notre profit.

Un prêtre de campagne.

J'ai eu encore bien d'autres aventures, dis-je en m'adressant à mon père spirituel. Si je voulais tout raconter à la suite, trois jours n'y suffiraient pas Si vous voulez, je vais encore vous en dire une.

Par une claire journée d'été, j'aperçus à quelque distance du chemin un cimetière, ou plutôt une communauté paroissiale, c'est-à-dire une église avec les maisons des serviteurs du culte et un cimetière. Les cloches sonnaient pour l'office; je me hâtai vers l'église. Les gens d'alentour s'y rendaient également; mais beaucoup s'asseyaient dans l'herbe avant d'atteindre l'église, et, voyant que je me dépêchais, ils me disaient :

Ne va pas si vite, tu as bien le temps; ici, le service est très lent, le prêtre est malade, et puis c'est un tel lambin !

En effet, la liturgie n'allait pas vite; le prêtre jeune, mais pâle et décharné, célébrait très lentement, avec piété et sentiment; à la fin de la messe, il prononça un excellent sermon sur les moyens d'acquérir l'amour de Dieu.

Le prêtre m'invita à manger chez lui. Pendant le repas, je lui dis :

— Vous dites l'office avec grande piété, mon père, mais aussi avec lenteur !

— Oui, répondit-il, cela ne plaît guère à mes paroissiens, et ils ronchonnent, mais il n'y a rien à faire; car j'aime méditer et peser chaque parole avant de la chanter; privés de ce sentiment intérieur, les mots n'ont aucune valeur pour soi ni pour les autres. Tout est dans la vie intérieure et dans la prière attentive ! Ah ! comme on s'occupe peu de l'activité intérieure ! ajouta-t-il. C'est parce qu'on ne le veut pas, on n'a pas souci de l'illumination spirituelle intérieure.

Je lui demandai à nouveau :

— Mais comment y parvenir ? C'est une chose fort difficile !

— Pas le moins du monde; pour recevoir

l'illumination spirituelle et devenir un homme intérieur, il faut prendre un texte quelconque de l'Écriture sainte et y concentrer le plus longtemps possible toute son attention. C'est ainsi qu'on découvre la lumière de l'intelligence. Pour prier, il faut agir de même : Si tu veux que ta prière soit pure, droite et bienfaisante, il faut choisir une prière courte, composée de quelques mots brefs, mais forts, et la répéter longtemps et souvent; c'est ainsi qu'on prend goût à la prière.

Cet enseignement du prêtre me plut beaucoup parce qu'il était pratique et simple et en même temps profond et sage. Je remerciai Dieu en esprit de m'avoir fait connaître un véritable pasteur de son Église.

A la fin du repas, le prêtre me dit :

— Va te reposer un peu, il faut que je lise la Parole de Dieu et prépare mon sermon de demain.

Je me rendis à la cuisine. Il n'y avait personne qu'une très vieille cuisinière assise toute courbée dans un coin et qui toussait. Je m'assis sous une lucarne, tirai de mon sac la *Philocalie* et me mis à lire pour moi, à voix basse; au bout d'un certain temps, je me rendis compte que la vieille assise dans le coin récitait sans arrêt la prière de Jésus. Je fus heureux d'entendre invoquer ainsi le Saint Nom du Seigneur et je lui dis :

— Comme c'est bien, ma mère, de réciter ainsi la prière ! C'est l'œuvre la meilleure et la plus chrétienne !

— Oui, répondit-elle, au déclin de mes ans, c'est mon contentement, que le Seigneur me pardonne !

— Y a-t-il longtemps que tu pries ainsi ?

— Depuis ma jeunesse, mon bon père ; et sans cela je ne pourrais pas vivre, car la prière de Jésus m'a sauvée du malheur et de la mort.

— Comment cela ? Raconte, je t'en prie, pour la gloire de Dieu et en l'honneur de la bienfaisante prière de Jésus.

Je rangeai la *Philocalie* dans mon sac, m'assis près d'elle, et elle commença son récit :

— J'étais une jeune et jolie fille ; mes parents me fiancèrent ; la veille du mariage, le fiancé allait entrer chez nous, brusquement, il n'avait plus que dix pas à faire, le voilà qui tombe mort, tout raide ! Cela m'effraya tellement que je décidai de renoncer au mariage et de m'en aller par les saints Lieux en priant Dieu. Cependant, j'avais peur de partir toute seule sur les routes car, à cause de ma jeunesse, les méchantes gens auraient pu m'attaquer. Une vieille femme qui menait depuis longtemps la vie errante m'enseigna qu'il fallait réciter sans arrêt la prière de Jésus et m'assura avec force que cette prière me préserverait de tout danger sur la route. Je crus à ce qu'elle disait et il ne m'est jamais rien arrivé, même dans les régions les plus éloignées; mes parents me donnaient de l'argent pour voyager. En vieillissant, je suis devenue malade, et heureusement le prêtre d'ici me nourrit et m'entretient par bonté.

J'écoutai avec joie ce récit et ne savais comment remercier Dieu pour cette journée qui m'avait révélé des exemples si édifiants. Un peu plus tard, je demandai à ce bon et saint prêtre de me bénir et je repris ma route, tout joyeux.

Sur la route de Kazan.

Et tenez, il n'y a pas très longtemps, quand je traversai le gouvernement de Kazan pour venir jusqu'ici, il m'a encore été donné de connaître les effets de la prière de Jésus; même pour ceux qui la pratiquent inconsciemment, elle est vraiment le moyen le plus sûr et le plus rapide pour atteindre aux biens spirituels.

Un soir, je dus m'arrêter dans un village tatar. En pénétrant dans la rue du village, j'aperçus devant une maison une voiture et un cocher russe; les chevaux étaient dételés et broutaient près de la voiture. Tout heureux, je décidai de demander à coucher dans cette maison où je trouverais au moins des chrétiens.

Je m'approchai et demandai au cocher qui il conduisait. Il répondit que son maître faisait route de Kazan en Crimée. Pendant que nous parlions avec le cocher, le monsieur écarta le rideau de cuir de la portière, jeta un regard sur moi et dit :

— Je vais passer la nuit ici, mais je n'entre pas dans la maison des Tatars parce qu'il y fait très sale, j'ai décidé de dormir dans la voiture.

Quelque temps après, le monsieur sortit pour faire quelques pas — c'était une belle soirée — et nous entrâmes en conversation.

Nous échangeâmes beaucoup de questions et il me raconta à peu près ce qui suit :

— Jusqu'à soixante-cinq ans, j'ai servi dans la flotte comme capitaine de vaisseau. En vieillissant, j'ai attrapé la goutte et j'ai pris ma retraite en Crimée, sur le bien de ma femme; j'étais presque toujours malade. Ma femme aimait beaucoup les réceptions, elle adorait jouer aux cartes. Elle finit par en avoir assez de vivre toujours avec un malade et elle s'en alla à Kazan chez notre fille qui a épousé un fonctionnaire; elle emmena tout avec elle, même les serfs domestiques, et me laissa comme serviteur un gamin de huit ans, mon filleul.

Je restai ainsi tout seul pendant trois ans. Mon gamin était très débrouillard, il faisait la chambre, allumait le feu, cuisait ma bouillie de gruau et chauffait mon samovar. Mais, en même temps, il était très brusque, un vrai polisson. Il courait, il criait, il jouait, il cognait partout et me dérangeait beaucoup; par maladie et par ennui, j'aimais beaucoup lire des auteurs spirituels. J'avais un livre excellent de Grégoire Palamas * sur la prière de Jésus. Je le lisais presque sans arrêt, et je récitais un peu la prière. Le tapage du petit m'était très désagréable et aucune mesure, aucune punition ne pouvait l'empêcher de faire des bêtises. Je finis par inventer un moyen : je le forçai à s'asseoir dans la chambre sur un petit banc et à répéter sans cesse la prière de Jésus. Au début, cela lui déplut au plus haut point et, pour y échapper, il se taisait.

Mais, pour le forcer à exécuter mon ordre, je pris des verges avec moi. Quand il disait la prière, je lisais tranquillement ou j'écoutais ce qu'il disait; mais, dès qu'il se taisait, je lui montrais les verges et, pris de peur, il se remettait à la prière; cela me faisait grand bien car le calme commençait enfin à s'établir dans ma maison. Au bout de quelque temps, je m'aperçus que les verges n'étaient plus nécessaires; il exécutait mon ordre avec plus de plaisir et de zèle; plus tard, son caractère changea complètement; il devint doux et silencieux et s'acquitta beaucoup mieux des travaux domestiques. J'en conçus de la joie et lui donnai plus de liberté. Et le résultat ? Eh bien, il s'habitua si bien à la prière qu'il la répétait sans arrêt et sans aucune contrainte de ma part. Quand je lui en parlai, il me répondit qu'il avait une envie insurmontable de réciter la prière.

— Et qu'est-ce que tu ressens ?

— Rien de spécial, mais je me sens bien pendant que je répète la prière.

— Mais comment, bien ?

— Je ne sais comment l'expliquer.

— Te sens-tu gai ?

— Oui, je me sens gai.

Il avait douze ans quand la guerre éclata en Crimée. Je partis pour Kazan et l'emmenai avec moi chez ma fille. Là-bas, nous l'installâmes dans la cuisine avec les autres domestiques et il en était très malheureux parce qu'ils passaient leur temps à s'amuser et à jouer entre eux et aussi à se moquer de lui, en l'empêchant de s'occuper à la prière. Au bout de trois mois, il vint me trouver et me dit :

— Je m'en vais à la maison; je ne peux pas supporter la vie ici avec tout ce bruit.

Je lui dis :

— Comment veux-tu aller si loin tout seul et en plein hiver ? Attends que je reparte et je t'emmènerai avec moi.

« Le lendemain, mon gamin avait disparu.

On l'envoya chercher partout, mais impossible de le trouver. Enfin, un beau jour, je reçus une lettre de Crimée; les gardiens de la maison là-bas m'annonçaient que, le 4 avril, le lendemain de Pâques [10], on avait trouvé le gamin mort dans la maison déserte. Il était étendu sur le sol dans ma chambre les mains croisées sur la poitrine, sa casquette sous la tête et dans cette petite veste de rien du tout qu'il avait toujours et avec laquelle il s'était enfui.

On l'enterra ainsi dans mon jardin. En recevant cette nouvelle, je m'étonnai de la rapidité avec laquelle il était parvenu jusque là-bas. Il était parti le 26 février et c'est le 4 avril qu'on l'a retrouvé. Trois mille verstes en un mois, c'est à peine si on y arriverait à cheval. Cela fait cent verstes par jour. Et, de plus en vêtements légers, sans passeport et sans un sou. Admettons qu'il ait trouvé une voiture pour faire la route, mais ce ne peut être sans l'intervention divine. Ainsi, mon petit domestique a goûté le fruit de la prière, dit le monsieur en finissant, et moi, à la fin de ma vie, je ne suis pas encore parvenu aussi haut que lui.

Là-dessus, je dis au monsieur :

— Ce livre excellent de saint Grégoire Pala-

10. Dans le calendrier julien, la seule année entre 1850 et 1870 où Pâques soit tombé le 3 avril est l'année 1860.

mas, que vous avez lu, je le connais. Mais on y examine surtout la prière orale; vous devriez lire ce livre-ci qui s'appelle la *Philocalie*. Là, vous trouverez l'enseignement complet de la prière de Jésus dans l'esprit et dans le cœur.

En même temps, je lui montrai ma *Philocalie*. Il reçut visiblement mon conseil avec plaisir et déclara qu'il allait se procurer le livre.

— Mon Dieu, me disais-je, quels merveilleux effets de la puissance divine se découvrent par cette prière ! Comme ce récit est édifiant et profond; les verges ont enseigné la prière à ce garçon, elles lui ont donné le bonheur ! Les malheurs et les tristesses que nous rencontrons sur la voie de la prière ne sont-ils pas les verges de Dieu ? Aussi pourquoi craindre lorsque la main de notre Père céleste nous les montre ? Il est plein d'un amour infini pour nous, et ces verges nous enseignent à prier plus activement, elles nous conduisent aux joies indicibles.

Ayant achevé ces récits, je dis à mon père spirituel :

— Pardonnez-moi, au nom de Dieu, j'ai beaucoup bavardé et les Pères déclarent qu'une conversation même spirituelle n'est que vanité si elle se prolonge trop. Il est temps que j'aille retrouver celui qui doit m'accompagner à

Jérusalem. Priez pour moi, pauvre pécheur, que le Seigneur dans sa miséricorde fasse tourner ma route en bien.

— Je le souhaite de toute mon âme, frère aimé dans le Seigneur, répondit-il. Que la grâce surabondante de Dieu illumine tes pas et fasse route avec toi, comme l'ange Raphaël avec Tobie !

Index

Saint Athanase l'Athonite :

Fondateur du monastère de la Grande-Laure au mont Athos. Né à Trébizonde vers 920, prit l'habit au mont Kyminas en Bithynie. Il y mena la vie érémitique, puis s'enfuit au mont Athos pour ne pas être nommé higoumène (vers 958). Caché parmi les solitaires sous le nom de Dorothée, il fut retrouvé par son ami Nicéphore Phocas qui lui fit accepter non sans peine une somme d'argent pour construire un couvent et une église dédiée à la Vierge. Ce fut le monastère de la Laure, le premier du mont Athos.

En 963, Nicéphore Phocas proclamé empereur, Athanase s'enfuit à Chypre pour échapper aux honneurs que lui réservait son ami. Il revint cependant et, après des démêlés avec les solitaires à qui il voulait imposer la vie cénobitique, il mourut en 1003, tué avec cinq moines par la chute d'une voûte au moment où on en plaçait la clé. Saint Athanase l'Athonite est fêté le 5 juillet. Sa vie dans *Anal. Bollandiana*, 1906, t. 25, p. 5-89.

Calliste Telicoudas :

Ascète de l'école de Calliste et Ignace Xanthopoulos. On connaît de lui un opuscule : *Sur la pratique hésychaste*, reproduit par Migne (*P. G.*, t. 147, col. 817-825).

Calliste et Ignace Xanthopoulos .

Calliste Xanthopoulos, patriarche de Constantinople pendant quelques mois en 1397, avait reçu comme moine l'enseignement ascétique de l'Athos. Il a composé avec son ami Ignace Xanthopoulos un traité sur la vie ascétique (*P. G.*, t. 147).

Saint Dimitri de Rostov :

Dans le siècle Daniel Savitch Touptalo. Fils d'un officier de cosaques, prit l'habit en 1668. Nommé par Pierre le Grand au siège épiscopal de Rostov (près de Moscou) en 1701, il lutta énergiquement contre le relâchement du clergé et des fidèles, et restaura la discipline dans son éparchie.

Auteur de nombreux sermons et traités, ainsi que d'une enquête sur les sectes, il a consacré la plus grande partie de sa vie à rédiger le *Ménologe* russe, calendrier liturgique contenant la vie des saints dans l'ordre de leurs fêtes, que Pierre Mohila n'avait pu mener à bien. L'édition, commencée en 1684, ne fut achevée qu'en 1705 à Kiev. Dans cet ouvrage, ainsi que dans un sermon, il s'est prononcé en faveur de l'Immaculée Conception, ce qui lui valut les remontrances de Joachim, métropolite de Moscou.

Son corps ayant été retrouvé intact en 1752, il fut canonisé en 1757. Sa fête est célébrée le 21 septembre. Il est le premier saint canonisé par le Saint-Synode.

Saint Éphrem le Syrien (306 ?-373) :

Docteur de l'Église, le plus ancien des écrivains syriens après Bardesane et Aphraate.

Né à Nisibe de parents païens, fut baptisé par l'évêque Jacques, composa de nombreuses poésies et des commentaires sur la Bible. Se retira à Édesse où il mourut le 9 juin 373.

Son influence a été grande, comme l'attestent les nombreuses traductions de ses écrits en grec, en arabe et en arménien. Grégoire de Nysse a connu ses ouvrages et écrit son panégyrique.

Il est surtout un commentateur de la Bible, et s'aventure rarement dans les spéculations métaphysiques ou théologiques. Un des sujets favoris de ses sermons est le jugement dernier. " Une de ses prédications faisait de cette terrible annonce une représentation vivante par le dialogue qui s'établissait entre son auditoire et lui, l'inquiétude des demandes, l'effrayante précision des réponses. Ce discours, ou plutôt ce drame, célèbre dans toute la chrétienté d'Orient, était au XIIIe siècle cité avec admiration par Vincent de Beauvais et ne fut sans doute pas ignoré de Dante. " (Villemain, *Tableau de l'Éloquence chrétienne au IVe siècle*, p 254-255; cité par Nau, *Dictionnaire de Théologie catholique*, art. Éphrem.)

Grégoire Palamas :

Né en 1296, archevêque de Thessalonique en 1347, mort en 1359.

Partisan des hésychastes, Grégoire Palamas a cherché à donner à leurs doctrines une base dogmatique. Ses thèses sur la lumière incréée et sur la distinction en Dieu de l'essence et des énergies portent sur des problèmes difficiles et ont suscité de vives controverses. Sa pensée, critiquée et sans doute mal comprise pendant longtemps en Occident, est aujourd'hui présentée sous un jour positif par de nombreux auteurs. Sans entrer dans ce débat, on remarquera seulement que les doctrines de Palamas ne résument pas, à elles seules, la richesse théologique de l'Église d'Orient.

Cf. les ouvrages ou articles de V. Lossky, A. Scrima et J. Meyendorff, cités ci-dessous à l'article *Hésychasme*, auxquels il faut ajouter : J. Meyendorff, *Introduction à l'étude de Grégoire Palamas*, Paris 1959, ainsi que, du même auteur, l'édition et la traduction de la *Défense des saints hésychastes* par Grégoire Palamas, Louvain, 1959; et B. Krivochéine, *La doctrine de saint Grégoire Palamas* (en russe), Seminarium Kondakovianum, Prague, 1936, traduction anglaise dans *The Eastern Churches Quarterly*, III, 1938.

Sur les phénomènes de théophanie lumineuse, on lira avec intérêt l'ouvrage d'Olivier Leroy, *La Splendeur corporelle des saints*, ainsi que l'article du même auteur, publié dans la *Revue du Carmel*, 1965, III, 184-205, sous le titre, *La lumière sur le lampadaire, recherche et réflexions sur certaines données hagiographiques considérées comme des anticipations de la gloire à venir.*

Grégoire le Sinaïte :

Moine de l'Athos (XIVe siècle). Né dans la deuxième moitié du XIIIe siècle, mort vers 1346. Originaire d'Asie Mineure. Venu du Sinaï, il a restauré sur l'Athos la tradition hésychaste et remis en vigueur la prière perpétuelle. Au cours des grandes querelles hésychastes (1320-1340), il dut quitter l'Athos et s'installer en Bulgarie où il fonda un monastère près de la ville actuelle de Kavaklu. Le texte grec de sa vie a été publié par Pomialovski à Pétersbourg en 1894 (dans *Publications de la Faculté d'Histoire et de Philologie de l'Université de Pétersbourg*, t. 35), texte slavon par P. Syrku, Pétersbourg, 1909. *Œuvres* dans Migne, *P. G.*, t. 150.

Hésychasme :

Sur l'hésychasme, la prière de Jésus, la mystique du cœur, il existe une littérature abondante.

En Occident, le R. P. Irénée Hausherr est le maître en cette matière. De son œuvre, publiée pour la plupart dans la collection *Orientalia christiana*, on retiendra ici : *Un pèlerin russe de la prière intérieure*, Or. Christ., vol. VI, p. 174-176; *La méthode d'oraison hésychaste*, Or. Christ., vol. IX., p. 109-210; *Les grands courants de la spiritualité orientale*, Or. Christ. periodica, 1935, p. 328-360; *L'hésychasme — Études de spiritualité*, Or. Christ. périodica, 1956, p. 5-40 et 247-285; *Noms du Christ et Voies d'oraison*, Rome, 1960, ainsi que (en collaboration avec d'autres) l'art. *Contemplation chez les Grecs et autres orientaux chrétiens*, du *Dictionnaire de spiritualité*, Paris, Beauchesne.

Voir aussi : A. Guillaumont : *Le cœur chez les spirituels grecs à l'époque ancienne*, *Dictionnaire de spiritualité*, col. 2281 à 2288. On consultera également les ouvrages du R. P. Daniélou, notamment *Platonisme et théologie mystique. Essai sur la doctrine spirituelle de saint Grégoire de Nysse*, Paris, 1944; ceux du R. P. H. Urs. von Balthasar, notammen *Liturgie cosmique, Maxime le Confesseur*, Paris 1947; la collection *Sources chrétiennes* publiée aux Éditions du Cerf; la revue *Istina* publiée par le Centre d'études Istina, 25, boulevard d'Auteuil, à Boulogne-sur-Seine; la revue *Irénikon* (abbaye bénédictine de Chèvetogne, Belgique).

Le point de vue orthodoxe est présenté par V. Lossky, *Essai sur la théologie mystique de l'Église d'Orient*, Paris, 1944 (voir p. 204-213) ; par le R. P. Jean Meyendorff, *Saint Grégoire Palamas et la mystique orthodoxe*, Paris, éd. du Seuil, 1959; par le R. P. André Scrima, *L'avènement philocalique dans l'orthodoxie roumaine* (Istina, 1958, nos 3 et 4) et *Rythmes et fonction de la tradition athonite*, dans *Le millénaire du mont Athos*, op. cit. t. II, p. 301-324.

Sur la contemplation, on consultera avec fruit Jacques et Raïssa Maritain, *Liturgie et contemplation*, Paris, 1960, notamment 2e partie, chapitre II, *L'oraison du cœur*, p. 37-41; et Charles Journet, *Introduction à la théologie*, Paris, 1947, notamment

Au-dessus de la théologie ou la Sagesse de l'amour, p. 15-35 et *Les métaphores*, p. 50-58, à propos de saint Jean Damascène et de la dispute entre Grégoire Palamas et le moine Barlaam. Voir aussi : C. Journet, *Palamisme et Thomisme* (Revue thomiste. 1960, nº 3).

Hésychius :

Prêtre et exégète sans doute du ve siècle. Auteur de commentaires allégoriques sur l'Ancien et le Nouveau Testament d'après la méthode d'Origène et des Alexandrins. Le texte auquel fait allusion le pèlerin est dû à un autre moine du même nom, Hésychius de Batos (VIe-VIIe siècle), disciple de Jean Climaque. Il se trouve dans la deuxième centurie adressée à Théodule, sentence 7. (Cf. Migne, *P. G.*, t. 93, col. 1480-1544.)

Saint Innocent d'Irkoutsk :

Innocent (Koultchitski), premier évêque d'Irkoutsk (1682-1741). Originaire de la province de Tchernigov en Petite-Russie, il fit ses études au collège de Kiev, fut professeur à l'Académie slavo-gréco-latine de Moscou, hiéromoine puis supérieur à la Laure de Saint Alexandre Nevski à Saint-Pétersbourg.

Envoyé en mission en Chine avec le titre d'évêque, il dut passer près de cinq ans à Selenginsk, et fut nommé en 1727 évêque d'Irkoutsk.

Sa lutte contre les abus, son zèle pour le redressement des mœurs, sa patience, sa douceur et sa charité lui valurent une réputation de sainteté.

Ses reliques furent solennellement offertes à la vénération des fidèles en 1805 et sa fête fixée au 26 novembre, sous le titre de pontife et thaumaturge.

Isaac de Ninive, appelé également le *Syrien* :

Ascète et mystique nestorien de la fin du VIIe siècle.

Originaire de l'Arabie (région du Beith Qataraye, sur la côte du golfe Persique en face des îles de Bahrein), il entra dès son jeune âge au couvent de Mar Mattai dans le djebel Makkoub, à une trentaine de kilomètres au nord de Mossoul.

Élevé au siège épiscopal de Ninive par le patriarche nestorien George, qui siéga de 660 à 680, il ne put s'y maintenir, sans doute à cause de la jalousie du clergé local contre un étranger, et se retira au bout de cinq mois. Il mourut à un âge très avancé au couvent de Rabban Schabor, devenu aveugle à la suite de ses austérités et de ses lectures.

De ses œuvres traduites en grec au XVIIIe siècle et publiées par Nicéphore Theotoki (2e éd., Athènes, 1895), on trouve quelques extraits dans Migne, *P. G.* t. 86, col, 811-886. Sous le titre de *Liber de contemptu mundi* sont ainsi réunis vingt-cinq sermons différents découpés arbitrairement en cinquante-trois chapitres. Le même recueil a été placé dans les *Philocalies* grecque et slavonne. C'est ainsi qu'il a passé en Russie. On se rappelle que, dans *les Frères Karamazov*, Smerdiakov est un lecteur assidu d'Isaac le Syrien.

Les sermons d'Isaac le Syrien ont été publiés en

russe dans la revue *Khristianskoe Tchtenie* entre 1821 et 1849.

Cf. Wensinck, *De Vita Contemplativa* d'Isaac de Ninive, traduction anglaise, 1930.

Saint Josaphat :

Saint Josaphat de Belgorod dans le siècle, Joachim Gorlenko. Né en 1705, mort en 1754. Moine dès l'âge de dix-huit ans, a laissé divers écrits dont *Le combat des sept péchés contre les sept vertus*, édité à Kiev en 1892. Il semble peu probable que saint Josaphat ait eu une descendance. Il s'agit sans doute d'un autre Josaphat (Mitkevitch), évêque de Belgorod et Koursk depuis 1758, mort le 30 juin 1763, qui fut longtemps prêtre et professeur dans un séminaire et a donc été marié.

Saint Jean Climaque (525-616),
appelé également *Jean du Sinaï* :

Grand docteur mystique. Il est demeuré toute sa vie dans la solitude, au pied de la montagne sainte, à l'exception des quelques années pendant lesquelles il dirigea le monastère de Sainte-Catherine du Sinaï.

Son œuvre la plus célèbre est *l'Échelle du Paradis*. Écrit dans un style ferme où abondent les sentences, ce traité de la perfection se rattache à la tendance mystique et contemplative d'Évagre et, par lui, de Grégoire de Nysse et d'Origène. (Texte dans Migne, *P. G.*, t. 88, col. 596-1209.) en français : *l'Échelle Sainte ou les degrés pour monter au ciel*, traduction d'Arnaud d'Andilly, 1661, 1670 et 1707

C'est dans *l'Échelle du Paradis* qu'on trouve une des premières allusions à la « prière de Jésus » : « Que la prière de Jésus ne fasse qu'un avec ta respiration, et tu connaîtras le fruit du silence et de la solitude » (*P. G.*, t. 88, col. 1112 *c*).

Saint Jean Damascène (env. 700-env. 750) :

Moine au monastère de Saint-Sabbas à Jérusalem, il a joué un rôle éminent comme défenseur des images dans la première période de la querelle iconoclaste.

Ses ouvrages essentiels sont les *Trois discours contre les Iconoclastes* (726-737) et la *Source de la Connaissance*, vaste synthèse des doctrines philosophiques et théologiques, en même temps que recueil des principales hérésies. Ce livre est devenu le manuel dogmatique du moyen âge grec. Traduit en latin dès le XIIe siècle, il a été connu de saint Thomas d'Aquin et de Pierre Lombard. (Texte dans Migne, P.*G.*, t. 94-95).

Cf. Jean Damascène, *Homélies sur la Nativité et la Dormition* (Sources Chrétiennes, n° 80).

Jean de Karpathos :

A vécu vraisemblablement aux VIIe-VIIIe siècles. Il est parfois mentionné comme évêque, parfois comme moine et aurait séjourné dans l'île de Karpathos.

Cf. ses œuvres dans Migne, *P. G.*, t. 85, col. 791 à 826.

Macaire l'Égyptien ou *Macaire le Grand* (300-390) :

Anachorète pendant soixante ans au désert de Scété. Originaire de Haute-Égypte, il fut sans doute disciple de saint Antoine.

Des œuvres publiées sous son nom, seule la lettre à de jeunes moines (Migne, *P. G.*, t. 34, col. 405-410), connue dès le ve siècle, peut lui être attribuée avec vraisemblance.

Les cinquante homélies qui remplissent le tome 34 de la patrologie grecque de Migne, ont suscité de nombreuses discussions et sont considérées généralement comme apocryphes.

Cf. dans *L'évangile au désert*, op. cit, Paris, 1964 : Pseudo-Macaire, *Cinq homélies spirituelles*, p. 135 à 157.

Marc l'Ermite ou l'Ascète (mort vers 430) :

Auteur d'écrits ascétiques qui semble avoir vécu au début du ve siècle.

Disciple de Chrysostome, il fut abbé d'un monastère à Ancyre de Galatie (Ankara), puis ermite dans le désert de Judée.

Écrivain d'un ascétisme " sobre et de bon aloi " il a laissé neuf traités ascétiques dont le plus connu est le *de Lege spirituali* et deux traités dogmatiques dont l'un contre les Nestoriens.

Œuvres dans Migne, *P. G.*, t. 65, col. 905-1140.

La bienheureuse Marina :

Fêtée par l'Église latine le 17 juillet, par l'Église grecque le 12 février. Probablement originaire de Bithynie. A vécu au VIIIe siècle.

Son père Eugenius, entré au monastère après son veuvage, ne supportait pas d'être séparé de sa fille. N'osant s'en expliquer au père abbé, il lui fit croire qu'il s'agissait d'un fils. Autorisé à prendre avec lui son petit garçon, il déguisa Marina, lui donna le nom de Marinus et l'installa au monastère. Elle avait dix-sept ans quand son père mourut. Demeurée au couvent, elle y fit preuve d'une grande piété Accusé(e) d'avoir fait violence à une jeune fille, elle se soumit à une très dure pénitence. C'est seulement après sa mort qu'on découvrit son identité. (Cf. *Acta Sanctorum* (*Boll.*), juillet, t. IV, p. 278-287).

Maxime le Confesseur (env. 580-662) :

Le plus grand théologien grec du VIIe siècle. D'abord secrétaire privé de l'empereur Héraclius, puis moine et abbé du monastère de Chrysopolis près de Constantinople. Il lutta contre l'hérésie monothélite et dut s'exiler en Afrique du Nord et à Rome. Arrêté en 653, il fut ramené à Byzance et martyrisé pour sa foi. Il termina sa vie en exil au fond d'un monastère.

Commentateur du Pseudo-Denys, il a dépouillé la doctrine du grand mystique de l'Orient de toute trace de néo-platonisme. Il fut connu en Occident par l'intermédiaire de Jean Scot Érigène.

Cf. en français : Maxime le Confesseur, *Centuries sur la Charité* (Sources chrétiennes, nº 9); H. Urs von Balthasar, *Liturgie cosmique. Maxime le Confesseur*, Paris, 1947. Un commentaire de saint Maxime sur la messe, la *Mystagogie*, a paru en français dans *Irenikon* en 1936, 1937 et 1938

Le bienheureux Nicéphore :

Moine de l'Athos (xive siècle). Auteur d'un traité sur *La garde du cœur* (Migne, *P. G.*, t. 147, col. 988-996) et peut-être du *Traité sur les trois formes de la prière* ou *Méthode d'oraisonh ésychaste*, attribué à tort à saint Syméon le Nouveau Théologien (cf. Hausherr, *La méthode d'oraison hésychaste*, Or. Christ., vol. IX, 2, juin-juillet 1927, *Note sur l'inventeur de la méthode hésychaste*, Or. Christ., vol. XX, p. 179-182, et *A propos de la spiritualité hésychaste*, Or. Christ. per. 3e année, 1937, p. 260-272).

Nicetas Stethatos,
ou *Nicetas Pectoratus* pour les Latins :

Moine au monastère de Stoudion vers le milieu du xie siècle. Disciple fervent de Syméon le Nouveau Théologien.

On connaît de lui quelques ouvrages polémiques contre les Latins et les Arméniens, mais l'essentiel de son œuvre est d'ordre ascétique et mystique. Dans ses trois centuries, il a repris la doctrine de Syméon et de saint Maxime sur les trois degrés de la vie spirituelle.

Sa *Vie de saint Syméon le Nouveau Théologien* a été publiée avec une traduction française par le Père Hausherr (Orientalia Christiana, vol. XII, juillet-septembre 1928).

Cf. Nicetas Stethatos, *Le Paradis spirituel* (Sources chrétiennes, n° 8) et *Opuscules et lettres* (Sources chrétiennes, n° 81).

Pierre Damascène, appelé également *Pierre Mansour* :

A vécu vers 1158. Auteur de nombreux ouvrages ascétiques restés inédits, dont deux écrits sur la Sainte-Cène.

Cf. J. Gouillard, *Un auteur spirituel* du *XII*e *siècle, Pierre Damascène*, Échos d'Orient, 38e année, 1939, p. 257-278.

Philocalie :

Φιλοκαλία τῶν ἱερῶν νηπτικῶν. Venise, 1782. Recueil de textes patristiques sur la prière spirituelle et la garde du cœur ou sobriété, rassemblés et publiés à Venise par un moine de l'Athos, Nicodème de Naxos ou l'Hagiorite. Presque au même moment le starets Païsius Velitchkovski (1722-1794) établissait une *Philocalie* slavonne (*Dobrotolioubié*) publiée en 1794. L'édition en langue russe, œuvre de Théophane, évêque de Tambov, a paru à Moscou à partir de 1877. Elle diffère beaucoup, par le choix des auteurs, de la *Philocalie* de 1794.

Cf. en français, J. Gouillard, *Petite philocalie de la Prière du cœur* (coll. « Livre de vie », no 83-84); en anglais, E. Kadloubovsky and G. H. Palmer, *Writings from the Philokalia* et *Early fathers from the Philokalia*, Londres, 1951 et 1954; en russe, *Dobrotolioubié*, nouvelle édition en cours, Jordanville, N Y. (États-Unis).

Prière de Jésus :

Cf. Un moine de l'Eglise d'Orient : *La prière de Jésus* (coll « Livre de vie », no 122).

Cette définition de la prière perpétuelle, qui constitue avec la " recherche du lieu du cœur " le fondement de l'hésychasme, remonte, on l'a vu, aux premiers temps de la spiritualité en Orient

Les quelques textes ci-dessous permettent de saisir le sens de cette tradition ;

Évagre le Pontique, *Practicos*, II, 49. " Le travail des mains, la veille, le jeûne ne nous sont pas commandés en tout temps; mais c'est une loi que nous priions sans cesse... La prière (en effet) rend notre esprit robuste et pur en vue de la lutte... " (d'après Hausherr, *Traité de l'oraison d'Évagre le Pontique*. Revue d'Ascétique et de Mystique, t. XV, janv avril 1934, p. 53).

Diadoque de Photicé. *Cent chapitres sur la perfection spirituelle* (coll. Sources chrétiennes, n° 5bis) : " L'intellect exige absolument de nous, quand nous fermons toutes ses issues par le souvenir de Dieu, une œuvre qui satisfasse son besoin d'activité. Il faut donc lui donner le nom très saint du seigneur Jésus comme la seule occupation qui réponde entièrement à son but. " Personne en effet ne peut dire : Jésus est le Seigneur, si ce n'est dans l'Esprit Saint. " (I Cor. 12,3)... " (chap. 59). " Qui veut purifier son cœur, qu'il l'embrase constamment par le souvenir du Seigneur Jésus, en faisant de cela seul son étude et sa pratique constantes... En effet, de même que si l'on veut purifier de l'or, laisserait-on même un instant chômer le feu du creuset, on rend la dureté au métal que l'on purifie, de même celui qui ne se souvient de Dieu que par intermittences perd ainsi ce qu'il croit acquérir par la prière. Le propre d'un homme ami de la vertu est de consumer sans cesse par la pensée de Dieu ce qu'il y a de terrestre dans son cœur afin qu'ainsi peu à peu le mai soit dissipé par le feu du souvenir du bien et que l'âme revienne parfaitement à son éclat naturel avec une splendeur accrue " (chap. 97).

Raskol :

C'est au milieu du XVIIe siècle (1625-58) que les réformes entreprises par le patriarche Nicone entraînèrent un schisme à l'intérieur de l'Église russe. Ce schisme fut aggravé par les décrets de Pierre le Grand, instituant en 1721 un synode à la place du Patriarche, et retirant ainsi à l'Église l'indépendance revendiquée par Nicone. Le schisme a donné lieu à la création de multiples sectes. On distingue deux branches principales : ceux qui ont conservé une hiérarchie ecclésiastique, les *popovtsy*, et ceux qui en sont privés dès le début, les *bezpopovtsy* ou " sans-prêtre ". Parmi ces derniers se sont développées les tendances à la mystique naturaliste, ou au contraire à la rigueur morale du type janséniste. Cf. à ce sujet Leroy-Beaulieu. *L'Empire des Tsars et les Russes*, t. III, et surtout P. Pascal, *Avvakum et les débuts du Raskol — La crise religieuse au* XVIIe *siècle en Russie*. Paris, 1938 ; 2e éd Paris-La Haye, 1963, et *La vie de l'archiprêtre Avvakum écrite par lui-même*, traduction par P. Pascal, Paris, 1938; 2e éd. Paris. 1960. Le livre de Melnikov-Petcherski, *Dans les forêts* (traduit par S. Luneau, Paris, 1960) donne une description très riche de la vie et des mœurs des Vieux-croyants au XIXe siècle.

Syméon le Nouveau Théologien (949-1022) :

Un des plus grands mystiques de l'Église grecque.

Introduit à dix-neuf ans à la cour impériale, il entra bientôt au monastère de Stoudion, puis au bout de six ans à Saint-Mamas dont il fut l'higoumène pendant vingt-cinq ans. Après un conflit avec le syncelle du patriarche, Étienne de Nicomédie, il dut quitter Constantinople un certain temps, mais fut réhabilité avant sa mort.

Gratifié de visions dès l'âge de quatorze ans, il a composé des hymnes en vers,, les *Amours des hymnes divins* dont il existe une traduction allemande : Symeon der Neue Theologe *Licht vom Licht*, Hymen, uebersetzt von P. K. Kirchoff O.F.M., bei J. Hegner in Hellerau, 1930 2e édition, Munich, 1951.

Cf. en français : Syméon le Nouveau Théologien, *Chapitres théologiques, gnostiques et pratiques* (Sources chrétiennes, nº 51); *Catéchèses* (Sources chrétiennes, nº 96, 104 et 113); *Vie de saint Syméon le Nouveau Théologien* par Nicetas Stethatos (Or. Christ., Juillet-Octobre 1928); en anglais, B. Krivochéine, *The writings of St Symeon the New Theologian* (Or. Christ. per., XX, 1954).

Théophane le Reclus (1815-1894) :

Dans le siècle Georges Govorov, moine, professeur, évêque de Tambov en 1859, il se retire en 1866 dans l'ermitage de Vychen où il demeure jusqu'à sa mort, écrivant de nombreux ouvrages, entretenant une correspondance active et traduisant des textes anciens, notamment ceux qui forment la *Philocalie* russe (édition de Moscou, 5 tomes, 1877 et 1889).

Théolepte, métropolite de Philadelphie :

A vécu à la fin du XIIIe siècle. Beaucoup de ses œuvres sont encore inédites. On trouve dans Migne (*P. G.* t. 143, col. 381-408) plusieurs écrits ascétiques, une polémique contre les schismatiques et quelques hymnes en traduction latine.

Table

IMPRESSION : NORMANDIE ROTO IMPRESSION S. A. S. À LONRAI
DÉPÔT LÉGAL : JANVIER 1999. N° 36214 -11 (1505751)
IMPRIMÉ EN FRANCE

Livre de vie

1. *Vie de Jésus*, par François Mauriac (de l'Académie française)
3. *La Nuit privée d'étoiles*, par Thomas Merton
4. *La Harpe de saint François*, par Félix Timmermans
5. *En mission prolétarienne*, par Jacques Loew
8. *Manuscrits autobiographiques*
par sainte Thérèse de l'Enfant Jésus
9. *La Messe, approches du Mystère*, par Aimon-Marie Roguet
10. *Bernadette*, par Marcelle Auclair
11. *Problèmes de l'unité chrétienne*, par Roger Aubert
12. *L'Imitation de Jésus-Christ*
14. *Initiation à la prière*, par Romano Guardini
15. *Le Chemin de la perfection*, par sainte Thérèse d'Avila
17. *Contes de Noël*, collectif
22. *Introduction à la vie dévote*, par saint François de Sales
23. *Aspects de l'Église*, par Yves de Montcheuil
28. *Les Sacrements*, par Aimon-Marie Roguet
30. *La Bible et l'Évangile*, par Louis Bouyer
31. *Fioretti*. Suivi de : *Considérations sur les stigmates*
par saint François d'Assise
32. *Essor ou Déclin de l'Église*, par Emmanuel Suhard (cardinal)
34. *Vie de Charles de Foucauld*, par Jean-François Six
35. *Correspondance* (P. Claudel, J. Rivière 1907-1914)
par Paul Claudel et Jacques Rivière
36. *Dieu et Nous*, par Jean Daniélou (de l'Académie française)
39. *Celui qui cherchait le soleil*, par Henri Queffélec
42. *Journal d'une mission ouvrière*, par Jacques Loew
44. *Le Nouveau Testament*, par Émile Osty et Joseph Trinquet
45. *Sur la terre comme au ciel*, Théâtre, par Fritz Hochwalder
47. *La Lecture chrétienne de la Bible*, par Célestin Charlier
48. *Annonce de Jésus-Christ*, par Jean-Claude Barreau
50. *Vie du père Lebbe*, par Jacques Leclercq
52. *Initiation chrétienne*, par Louis Bouyer
53. *Pour une théologie du travail*
par Marie-Dominique Chenu

57. *Pauvre et Saint Curé d'Ars*, par Daniel Pezeril
58. *La Prière du Seigneur*, par Romano Guardini
62. *Hymne de l'Univers*, par Pierre Teilhard de Chardin
63. *Récits d'un pèlerin russe*
65. *Éléments de doctrine chrétienne*, t. 1, par François Varillon
66. *Éléments de doctrine chrétienne*, t. 2, par François Varillon
68. *Pour une politique évangélique*, par Jean-Marie Paupert
70. *Lettres et Carnets*, par Charles de Foucauld
73. *Récits du temps de Pâques*, par Henri Queffélec
74. *Action, marche vers Dieu*, par Louis-Joseph Lebret
77. *Vie de sainte Thérèse d'Avila*, par Marcelle Auclair
82. *Je reste un barbare*, par Roger Boutefeu
86. *Les Paraboles de Jésus*, par Joachim Jérémias
88. *L'Engagement de la foi*, par Emmanuel Mounier
89. *Car ils seront consolés*, par Jeanne Ancelet-Hustache
92. *Histoire de Jésus*, par Arthur Nisin
93. *Évangéliaire*, Poésie, par Pierre Emmanuel
94. *Jésus de Nazareth le charpentier*, par Paul Gauthier
95. *Les Pères grecs*, par Hans von Campenhausen
96. *Les Pères latins*, par Hans von Campenhausen
97. *La Troisième Révolution. Psychanalyse et religion*, par Karl Stern
98. *L'Image de Jésus-Christ dans le Nouveau Testament*
par Romano Guardini
99. *Petit Dictionnaire de théologie catholique*
par Karl Rahner et Herbert Vorgrimler
100. *Une morale pour notre temps*, par Marc Oraison
101. *La Foi d'un païen*, par Jean-Claude Barreau
102. *Rue de la Liberté*, par Edmond Michelet
103. *Révolution dans la paix*, par Helder Camara
104. *Carnet de route*, par Jean Ploussard
105. *Les Chiffonniers d'Emmaüs*, par Boris Simon
107. *Nous autres, gens des rues*
(textes missionnaires présentés par Jacques Loew)
par Madeleine Delbrêl
108. *Comment se pose aujourd'hui le problème de l'existence de Dieu*, par Claude Tresmontant
111. *Je crois en Jésus-Christ aujourd'hui*, par André Manaranche
112. *Histoire de la mystique*, par Hilda Graef
113. *Le Milieu divin. Essai de vie intérieure*
par Pierre Teilhard de Chardin

114. *La Montée du Carmel*, par saint Jean de la Croix
115. *Le Mystère humain de la sexualité*, par Marc Oraison
116. *Initiation à l'Évangile*, par Aimon-Marie Roguet
117. *L'Essentiel de la foi*, par Max Thurian
118. *Morale de l'Évangile*, par Charles-Harold Dodd
119. *Jésus*, par Jean-François Six
120. *Lettre à un religieux*, par Simone Weil
121. *Les Manuscrits de la mer Morte*
par Jean Daniélou (de l'Académie française)
122. *La Prière de Jésus*, par un moine de l'Église d'Orient
123. *Jeanne d'Arc par elle-même et par ses témoins*
par Régine Pernoud
124. *Vie de Thérèse de Lisieux*, par Jean-François Six
125. *La Prédication apostolique et ses développements*
par Charles-Harold Dodd
126. *Mère Teresa de Calcutta*, par Malcolm Muggeridge
127. *Dynamique du provisoire*, par Roger (frère de Taizé)
128. *Le désert est fertile*, par Helder Camara
129. *Attente de Dieu*, par Simone Weil
130. *Amour et Silence*, par un Chartreux
131. *Dictionnaire du Nouveau Testament*, par Xavier Léon-Dufour
132. *La Joie du don*, par Mère Teresa de Calcutta
(prix Nobel de la paix)
133. *Alcide. Guide simple pour simples chrétiens*
par Madeleine Delbrêl
134. *L'Espérance qui est en nous*, par Dimitri Doudko
135. *L'Enseignement de Ieschoua de Nazareth*
par Claude Tresmontant
136. *Jésus, simples regards sur le Sauveur*
par un moine de l'Église d'Orient
137. *Le Fondateur du christianisme*
par Charles-Harold Dodd
138. *Votre très humble serviteur Vincent de Paul*
par André Frossard
139. *La Joie par l'Évangile*, par Marcelle Auclair
140. *Laissez-vous saisir par le Christ*, par Albert Peyriguère
141. *La Joie de croire*, par Madeleine Delbrêl
142. *Sur la souffrance*, par Pierre Teilhard de Chardin
143. *L'École de la prière*, par Antoine Bloom
144. *Douze Sermons sur le Christ*
par John Henry Newman

145. *Présence à Dieu et à soi-même*
par François de Sainte-Marie
146. *Traité de l'amour de Dieu. Livres I à VI*
par saint François de Sales
147. *Traité de l'amour de Dieu. Livres VII à XII*
par saint François de Sales
148. *Les Femmes de l'Évangile*, par France Quéré
149. *La Messe*, par le cardinal Jean-Marie Lustiger
150. *Écrits spirituels*, par Élisabeth de la Trinité
151. *Traité de la vraie dévotion à la Sainte Vierge*
par saint Louis-Marie Grignon de Montfort
152. *Élisabeth de la Trinité*
par Hans Urs von Balthasar
153. *L'Expérience de la présence de Dieu*
par Laurent de la Résurrection
154. *L'Amour fou de Dieu*, par Paul Evdokimov
155. *Épithalame ou chant d'amour de Jean de Saint-Samson*
par Jean Perrin
156. *Semences de contemplation*, par Thomas Merton
157. *Le Jour de l'Homme*, par Jacques Leclercq
158. *Les Sept Paroles du Christ en croix*
par Charles Journet
159. *Conseils évangéliques « Directoire »*
par Charles de Foucauld